DEUXIÈME ÉDITION

XAVIER DE MONTÉPIN

Simone & Marie

VI

LE FILS

PARIS. — E. DENTU, ÉDITEUR, PALAIS-ROYAL

SIMONE & MARIE

—

VI

LE FILS

LIBRAIRIE DE E. DENTU, ÉDITEUR

OUVRAGES DU MÊME AUTEUR
Collection grand in-18 jésus à 3 francs le volume

LE MARI DE MARGUERITE, 13e édition.	3	vol.
LES TRAGÉDIES DE PARIS, 7e édition.	4	—
LA VICOMTESSE GERMAINE, 7e édition	3	—
LE BIGAME, 6e édition.	2	—
LA MAITRESSE DU MARI, 5e édition.	1	—
LE SECRET DE LA COMTESSE 5e édition.	2	—
LA SORCIÈRE ROUGE, 4e édition.	3	—
LE VENTRILOQUE, 4e édition.	3	—
UNE PASSION, 4e édition.	1	—
LA BATARDE, 3e édition.	2	—
LA DÉBUTANTE, 3e édition	1	—
DEUX AMIES DE SAINT-DENIS, 4e édition.	1	—
SA MAJESTÉ L'ARGENT, 5e édition.	5	—
LES MARIS DE VALENTINE, 3e édition.	2	—
LA VEUVE DU CAISSIER, 3e édition	2	—
LA MARQUISE CASTELLA, 3e édition.	2	—
UNE DAME DE PIQUE, 3e édition.	2	—
LE MÉDECIN DES FOLLES, 4e édition.	5	—
LE CHALET DES LILAS, 3e édition.	2	—
LE PARC AUX BICHES, 3e édition.	2	—
LES FILLES DE BRONZE, 3e édition	5	—
LE FIACRE No 13, 4e édition.	4	—
JEAN-JEUDI, 3e édition.	2	—
LA BALADINE, 3e édition.	2	—
LES AMOURS D'OLIVIER, 3e édition	2	—
SON ALTESSE L'AMOUR, 3e édition	6	—
LA MAITRESSE MASQUÉE, 3e édition.	2	—
LA FILLE DE MARGUERITE, 3e édition	6	—
MADAME DE TRÈVES, 3e édition	2	—
LES PANTINS DE MADAME LE DIABLE, 3e édition. . .	2	—
LA MAISON DES MYSTÈRES, 3e édition.	2	—
UN DRAME A LA SALPÊTRIÈRE, 3e édition	2	—
SIMONE ET MARIE, 3e édition.	2	—
L'ŒIL DE CHAT, 3e édition	2	—

SOUS PRESSE:

LE DERNIER DUC D'HALLALI.
LES FILLES DU SALTIMBANQUE.

F. Aureau. — Imprimerie de Lagny

XAVIER DE MONTÉPIN

SIMONE & MARIE

—

VI

LE FILS

PARIS

E. DENTU, ÉDITEUR

LIBRAIRE DE LA SOCIÉTÉ DES GENS DE LETTRES

PALAIS-ROYAL, 15-17-19, GALERIE D'ORLÉANS

—

1883

SIMONE & MARIE

TROISIÈME PARTIE

LE FILS

(SUITE)

XXXIII

Le matin de ce même jour Lartigues avait mis Verdier au courant de ce qui se passait au sujet de Simone.

Grâce au hasard le plus heureux, le plus imprévu, favorisant les recherches de Maurice, la jeune fille était retrouvée, sa demeure actuelle était connue.

Sans perdre une minute, Verdier avait songé à préparer ses batteries.

VI.   1

— Simone habite le pensionnat de madame Dubief, — dit-il. — C'est fort bien, mais le pensionnat
est grand... — Il faut savoir dans quelle partie de
la maison sa chambre est située...

— C'est ce que Maurice pense aussi... — répliqua Lartigues.

— Pour arriver à découvrir cette chambre il serait
nécessaire de s'introduire chez madame Dubief...

— Sans doute, mais le moyen?

— Il me paraît difficile à inventer...

En ce moment on frappa deux petits coups à la
porte.

— Entrez ! — cria Lartigues.

La porte s'ouvrit et Maurice parut, introduit par
le muet Dominique.

— Arrivez vite, cher ami ! — lui dit Verdier. —
Je veux vous adresser mes félicitations... — Vous
avez une chance de tous les diables et un flair
merveilleux...

— Oui, — répliqua Maurice en souriant. — Simone
est dans nos mains, et d'aujourd'hui en quinze, je
signerai mon contrat de mariage qui ne précédera
le mariage lui-même que de quelques jours...

Verdier se mit à rire.

— Marié dans trois semaines, veuf dans un mois,

tout va le mieux du monde ! — fit-il, — cette fois, positivement, nous touchons au but... — Une chose me préoccupe encore, néanmoins...

· — Quelle est cette chose ?

— Le moyen de pénétrer dans l'établissement de madame Dubief pour connaître l'emplacement de la chambre de Simone.

— Par quel procédé comptez-vous supprimer cette héritière gênante ? — demanda Maurice.

— Par le même procédé qui nous débarrassera de Marie Bressolles... — A quoi bon se mettre inutilement en frais d'imagination... — Ce qui est bon pour une sera bon pour deux...

— L'aspiration de l'acide prussique alors ?

— Oui.

— Avez-vous fabriqué la matière première ?

— Pas encore... — Rien ne pressait... Mais je vais me mettre à l'œuvre sur-le-champ...

— C'est la nuit que vous agirez ?...

— Sans doute... — Il importe que Simone soit endormie... — D'ailleurs il serait impossible d'arriver en plein jour jusqu'à elle. — Je me charge de tout, pourvu que vous imaginiez un moyen de relever le plan intérieur de la maison...

— C'est trouvé... — dit Maurice. — J'y avais pensé déjà...

En quelques mots le fils d'Aimée Joubert mit ses deux complices au courant du plan arrêté dans son esprit.

— Très ingénieux et très pratique ! — s'écria Verdier charmé. — Vous êtes un garçon plein de mérite... — Le capitaine Van Broecke et moi, nous mènerons la chose à bien...

— Soyez prudents, surtout !!

— Recommandation superflue ! Vous pouvez vous fier à nous ! ! — Je défierais les plus malins de nous reconnaître...

— Parfait ! — Je vous quitte...

— Vous retournez à l'hôtel de la rue de Verneuil ?

— Non, je vais chez ma mère que je n'ai pas vue depuis quelques jours... — Je veux lui demander les papiers indispensables pour la publication des bans...

Lartigues et Verdier échangèrent un regard où se lisait une sérieuse inquiétude.

Maurice partit.

Dès que la porte se fut refermée derrière lui, Verdier s'écria :

— Tonnerre ! ! — je ne pensais point à ce détail !... — N'ayant pas visité sa mère depuis quelques jours il ne se doute pas qu'elle est morte... — Voilà qui pourrait retarder et même entraver son mariage.

— Comment la préfecture de police ne l'a-t-elle point fait prévenir ? — demanda Lartigues.

— Qui sait si on a retrouvé le cadavre englouti dans la Marne ? — Peut-être la police elle-même ignore-t-elle ce qu'Aimée Joubert est devenue...

— Mais les deux hommes qui se trouvaient avec elle ?...

— Noyés aussi sans doute... — Maintenant, comme Aimée Joubert avait caché longtemps à son fils qu'elle appartenait à la brigade de sûreté, on attend peut-être qu'il vienne lui-même demander des renseignements...

— Une autre supposition me paraît encore plus admissible...

— Laquelle ?

— C'est qu'on ne connaît pas l'adresse de Maurice.

— On aurait trouvé cette adresse chez sa mère...

— La servante doit la connaître.

— Enfin, laissons marcher les événements... — Si Maurice apprend aujourd'hui la mort, ou tout au moins la disparition de madame Rosier, il est certain que nous le reverrons... — Il accourra droit ici... — Jusqu'à ce que nous l'ayons vu, ne nous inquiétons point... — Tout marche à souhait, c'est l'essentiel... — Je vais écrire à Michel Brémont...

— Prends garde...

— A quoi ?

— Je me défie de la poste, qui sur un ordre du procureur de la République peut saisir ta correspondance...

— Je me suis préoccupé déjà de cette éventualité, quoiqu'elle ne me semble guère à craindre, et j'ai pris mes mesures en conséquence... — Dans sa dernière lettre Michel Brémont m'a tracé une ligne à suivre ; — je dois lui écrire *poste restante*, au grand bureau de Regent-Street, et adresser mes lettres à **M. X. Y. Z. 21.** Je vais le prier de me répondre de la même façon, *poste restante*, au bureau de la rue d'Enghien, sous cette rubrique, **I. J. K. 50.** — Je n'aurai pas à m'y présenter moi-même, je peux faire retirer la lettre par qui que ce soit, en donnant l'indication écrite...

— C'est adroit... — Préviens donc Michel Brémont...

— Je vais le faire aujourd'hui même, et je lui annoncerai que tout est au moment de se terminer de la façon la plus avantageuse pour nous.

En quittant le petit hôtel de la rue de Suresnes Maurice, ainsi qu'il venait de l'annoncer à ses complices, s'était rendu rue de la Victoire, chez sa mère.

Il gravit l'escalier sans parler au concierge et, parvenu sur le palier de l'étage qu'elle habitait, il sonna.

Madeleine vint lui ouvrir.

En le voyant, la brave fille leva les bras au ciel.

— Ah! monsieur Maurice, — s'écria-t-elle, — enfin c'est vous!! — Dieu sait avec quelle impatience je vous attendais...

— Et pourquoi cela, ma bonne Madeleine?...

— Parce que vous allez certainement me donner des nouvelles de madame Rosier...

— Des nouvelles de madame Rosier!! — répéta le jeune homme stupéfait. — Que voulez-vous dire?

— Que madame est partie samedi matin, et depuis n'est point rentrée...

— Et vous n'étiez point avertie qu'elle resterait si longtemps absente?

— Madame comptait bien rentrer... — Elle m'a-
vait recommandé de tenir son dîner prêt pour sept
heures...

— Voilà qui est étrange !

— Oh ! oui, monsieur Maurice, bien étrange !

— Comment expliquez-vous cela ?...

— Je ne l'explique pas...

— Enfin, vous supposez bien quelque chose ?

— Je ne suppose rien... — Depuis deux ou trois
mois madame avait tout à coup changé de vie...
— Elle allait, elle venait, elle sortait, elle rentrait
à toute heure... — Mais, quand elle devait rester
longtemps dehors, elle ne manquait jamais de me
prévenir.

Maurice supposa que sa mère avait été envoyée
brusquement en reconnaissance quelque part en
province par la préfecture.

— Sans doute, — dit-il, — elle a dû faire un
voyage à l'improviste, et le temps lui aura manqué
pour vous en aviser... — Madame Rosier s'occu-
pait très activement d'importantes affaires d'intérêt...

— Vous croyez, monsieur Maurice ?...

— Je fais mieux que le croire, j'en suis sûr... —
Elle m'en a parlé... — Il ne faut donc pas vous

mettre mal à propos martel en tête... — Quant à moi, je ne m'alarme point, bien convaincu qu'il n'est rien arrivé de fâcheux à votre maîtresse...

— Allons, vous me rassurez un peu, monsieur Maurice, je vais dormir plus tranquille...

— Et vous aurez raison, ma bonne Madeleine... Qui sait si madame Rosier ne rentrera pas ce soir...

— Que Dieu vous entende!...

— En tout cas, dès qu'elle sera de retour, au jourd'hui ou demain, priez-la de me faire avertir sans retard... J'ai besoin de la voir.

— Votre commission sera faite, monsieur Maurice.

— J'y compte...

Le jeune homme quitta Madeleine.

En descendant l'escalier, il se disait :

— Très certainement elle est en campagne pour la préfecture... — Cela ne m'inquiète pas, mais cela me gêne au moment où ces papiers de famille qu'elle seule peut me remettre me sont indispensables... — Il est clair que son absence ne se prolongera point, seulement il suffit parfois d'une heure de retard pour renverser l'échafaudage le mieux construit...

1.

Tout en monologuant ainsi, Maurice se dirigea vers la rue de Navarin qu'il habitait.

Il espérait trouver chez lui un mot de madame Rosier.

Son attente fut déçue.

Ce fut donc en proie à une contrariété très vive, et l'esprit singulièrement préoccupé, qu'il reprit en voiture le chemin de la rue de Verneuil où nous savons qu'il devait dîner à l'hôtel Bressolles.

Après avoir fermé la porte de l'appartement derrière le jeune homme, Madeleine était retournée dans sa cuisine.

Un violent coup de sonnette la rappela dans l'antichambre.

Elle ouvrit.

— C'est bien ici que demeure madame Rosier? — demanda un homme debout sur le carré, une lettre à la main.

— C'est bien ici, oui, monsieur... mais elle est absente...

— Je le sais... — répliqua l'homme qui n'était autre que Galoubet; — je vous apporte de ses nouvelles...

— Ah! que Dieu soit loué!! — s'écria la fidèle servante. — Monsieur, dépêchez-vous d'entrer!...

XXXIV

Galoubet entra.

— C'est vous qui vous appelez Madeleine? — demanda-t-il.

— Oui, c'est moi... — répondit la servante.

— Voici une lettre pour vous.

— De madame?...

— De madame Rosier, parfaitement... — Lisez, et lisez vite, je suis pressé...

Madeleine s'empressa de déchirer l'enveloppe et lut avidement son contenu.

— Il est arrivé un accident à madame!! — s'écria-t-elle.

— Oh! presque rien... Un petit accident de rien du tout...

— Mais enfin, quoi?

— Une chute en descendant de wagon, au chemin de fer...

— Elle est blessée?...

— Oh! si peu que ce n'était pas la peine d'en parler... et guérie... Vous voyez que ça n'aura pas été long...

— Blessée... ma pauvre chère maîtresse!... — balbutia Madeleine.

Et la brave fille fondit en larmes.

Galoubet ne se piquait pas du tout d'être sentimental, et de plus il était pressé.

— Voyons, voyons, la petite mère, fit-il — brusquement, — à quoi que ça sert de larmoyer, puisqu'on se tue de vous dire que madame Rosier est guérie... — Il faut faire ce qu'elle vous demande dans sa lettre et me donner *illico* de quoi l'habiller là-bas de la tête aux pieds, car ses effets sont déchirés au point de n'être plus mettables.

— Elle ne veut pas que j'aille la rejoindre?

— Elle vous recommande de rester ici.

— Quand reviendra-t-elle?

— Demain matin.

— Bien sûr?

— Oui, bien sûr, et elle m'a chargé de vous dire

de sa part d'aller trouver monsieur Maurice, — (vous devez savoir qui c'est), — et de lui donner rendez-vous ici pour demain à onze heures.

— Oh! le pauvre monsieur Maurice, il va être bien heureux... — Il était là il y a tout au plus un quart d'heure... et si inquiet!!

— C'est bon... c'est bon... il se rassurera! — Dépêchez-vous! — reprit Galoubet avec impatience.

— J'y vais, monsieur, et ça ne sera pas long... — Asseyez-vous en m'attendant...

Galoubet ne se fit pas répéter deux fois cette invitation et prit une chaise tandis que Madeleine allait faire un paquet des vêtements demandés par madame Rosier.

Au bout de cinq minutes elle revint, apportant ce paquet soigneusement enveloppé et épinglé dans un morceau de percaline noire.

— Voici, monsieur... — dit-elle.

— Bien... — N'oubliez pas la commission pour M. Maurice.

— Je n'aurai garde... — Je vais tout de suite courir chez lui et, si je ne le trouvais point, je lui laisserai un mot d'écrit.

— Suffit, ma petite mère, et au plaisir de vous revoir.

Galoubet fila.

On lui avait recommandé de ne point flâner en route et il obéissait docilement à la consigne.

Il était huit heures du soir au moment où il descendit de chemin de fer à la gare de Saint-Maur-les-Fossés.

Le docteur avait tenu parole.

Madame Rosier, servie par la vigueur de sa constitution, se trouvait sur pied, et le médecin ne voyait aucun inconvénient à la laisser entrer le lendemain dans Paris.

Le lendemain en effet elle quitta Saint-Maur à neuf heures du matin et arriva vers dix heures à la préfecture avec Gaboulet et Sylvain Cornu.

Le chef de la sûreté et le commissaire aux délégations furent heureux de la voir si vite et si bien rétablie.

Cependant elle avait pâli.

Son visage portait l'empreinte des souffrances éprouvées, mais cette empreinte ne devait point tarder à s'effacer.

Il fallait d'ailleurs qu'Aimée eût un corps d'acier et une âme d'une trempe exceptionnelle, pour avoir résisté comme elle l'avait fait aux secousses successives et terribles qu'elle venait de subir.

— Vous voici debout, mais faible encore... — lui dit le chef de la sûreté. — Je vous conseille quelques jours de repos...

— Il sera temps de me reposer quand j'aurai touché le but!... — répliqua madame Rosier.

— Allez donc... — Courage et bon succès !

— Le courage ne me manquera point, et quand au succès, j'y compte...

A onze heures madame Rosier rentrait dans son appartement de la rue de la Victoire.

Maurice, prévenu la veille, s'y trouvait déjà.

La joie de Madeleine fut indescriptible en revoyant sa maîtresse.

Elle pleurait d'attendrissement, elle multipliait les questions, et il fallut que la policière, après l'avoir très affectueusement embrassée, lui demandât de la laisser seule avec Maurice.

Devant Madeleine la policière avait répété la version de Galoubet relative à l'accident survenu en descendant de wagon.

Mais avec Maurice, qui savait sa position dans la brigade de sûreté, une dissimulation complète était impossible.

Elle dit donc au jeune homme une partie de la vérité ; elle eut soin seulement de ne parler ni

de Lartigues, ni de Verdier, ni de Nicolas Gol, non
par défiance mais parce qu'il lui répugnait d'entrer
vis-à-vis de son fils dans certains détails profes-
sionnels.

Lorsqu'elle s'était décidée à faire l'aveu de son
affiliation à la police, au lieu de la blâmer Maurice
lui avait témoigné une grande admiration, mais il
lui semblait que cette admiration ne pouvait être
sincère, ou tout au moins que la tendresse filiale
en exagérait singulièrement l'expression.

Maurice, devinant que sa mère lui cachait quelque
chose, multiplia ses questions.

Ce fut en vain.

Aimée Joubert ne dit que ce qu'elle voulait dire.

— Mère, — s'écria le jeune homme, — il faut sans
retard abandonner une profession où à chaque
heure du jour votre vie se trouve en péril...

— Tu sais bien que c'est impossible... — répliqua madame Rosier.

— Impossible !... — Pourquoi ?

— Parce que ma volonté et mon devoir sont
d'accord... — J'ai commencé, je dois finir... — Je
ne me pardonnerais pas de ne point achever ma
tâche...

— Mais les hommes que vous cherchez sont insaisissables. — Vous en avez la preuve...

— Insaisissables hier, le seront-ils demain? — J'ai des raisons pour espérer le contraire. — Je t'ai prié déjà de ne jamais me parler de ces choses, et je te renouvelle cette demande. — Je suis joyeuse de te voir... de t'embrasser... Ne trouble pas ma joie...

— Je songe d'autant moins à la troubler que je vais l'augmenter..., — répliqua Maurice en souriant ; — j'ai à vous annoncer une nouvelle heureuse...

— Laquelle?

— Vous ne devinez pas?

— Non...

— Il s'agit de mon mariage...

— Tu y penses toujours?... — fit madame Rosier avec un accent de tristesse.

— Plus que jamais! — Il est décidé... — Je suis d'accord avec les parents et je compte sur vous demain pour venir faire avec moi à l'hôtel Bressolles une démarche officielle...

— Tu veux que j'aille demander la main de mademoiselle Bressolles ?... — s'écria madame Rosier.

— Oui, ma mère...

— A quoi bon, puisque tu es d'accord avec la famille ?...

— La démarche que je vous demande est très simple, mais obligatoire... — Il serait incorrect que vous ne la fissiez pas... — Soyez tranquille, vous serez bien reçue... — Je puis même ajouter qu'on vous attend... — Vous n'aurez point à parler d'affaires... — Tout a été réglé entre M. Bressolles et moi...

— Réglé ?... Comment ?...

— Oh ! entièrement à mon avantage... — J'apporte, moi, les six mille francs de pension que vous voulez bien me servir, et mon futur beau-père donne à sa fille cinq cent mille francs de dot... — Ma position, vous le voyez, sera très enviable...

Aimée Joubert embrassa son fils.

— Il est certain que c'est le bonheur pour toi, — s'écria-t-elle, — et malgré cela je ne puis chasser de mon esprit certaines appréhensions...

— Des appréhensions ?... — A quel sujet ?

—Il me serait impossible de l'expliquer... — C'est vague... C'est indéfinissable... Il me semble que de ce mariage doit sortir un danger...

Maurice haussa les épaules et répliqua :

— Vos appréhensions sont insensées !! — Je vais

épouser une charmante jeune fille, je vais entrer dans une famille honorable qui m'aime autant que vous m'aimez... — D'où viendrait un péril en de telles conditions?... — Marie est souffrante, il est vrai, mais cette souffrance fait hâter le mariage qui doit être pour elle un souverain remède. — Donc, ne vous forgez pas de chimères! — Réjouissez-vous, au contraire, de voir mon avenir assuré...

Aimée Joubert se dit que Maurice devait avoir raison ; elle imposa silence à ses pressentiments.

— Demain j'irai donc avec toi, puisqu'il le faut, — fit-elle. — Mais j'aurais mieux aimé tarder de quelques jours.

— Pourquoi ?

— Je ne serai guère présentable avec cette blessure au front, si visible encore, à peine cicatrisée, et qui me défigure.

— Cela, mère, c'est de la coquetterie pure!! — dit Maurice en souriant. — Le pied vous a manqué en descendant du chemin de fer... Votre front a porté sur le tranchant d'un marchepied... C'est la chose du monde la plus naturelle... — Ne vous préoccupez donc point de cela... — Le temps nous presse... — Nous signerons le contrat le 26 de ce mois. — Le mariage aura lieu deux ou trois jours après... — Aujourd'hui même je dois me rendre chez le notaire et à la mairie avec M. Bressolles... — Et, à ce propos, j'ai besoin de papiers qui doivent être entre vos mains...

Aimée Joubert tressaillit.

— Les papiers... — murmura-t-elle, — c'est vrai... il faut des papiers... ton acte de naissance !... Mais en le lisant, cet acte, on va savoir que tu es un enfant naturel... — Ne crains-tu pas ?...

— Je ne crains rien... — interrompit Maurice, — j'ai pris les devants... M. Bressolles sait tout...

— Tout ! — répéta madame Rosier avec épouvante.

— Rassurez-vous, ma mère... tout ce qu'il doit savoir pour vous plaindre et vous respecter...

XXXV

— Me plaindre... me respecter... — balbutia douloureusement Aimée Joubert en cachant son visage
dans ses mains, — Hélas ! mon pauvre enfant, j'ai
été coupable... coupable de faiblesse, tout au
moins... — Je n'aurais pas dû faillir...

— Mère, — répondit Maurice d'une voix tendre,
— ne regrettez rien... A votre faiblesse je dois la
vie, et je ne vis que pour vous aimer...

Madame Rosier prit le jeune homme dans ses
bras et le serra passionnément contre son cœur en
s'écriant :

— Ah ! Dieu m'a pardonné, je le sens bien, la
faute de ma jeunesse... — Maurice, mon fils chéri,
tu seras la joie et l'orgueil de ma vieillesse...

Après un instant de silence pendant lequel Aimée
Joubert domina son émotion, elle reprit :

— Quels sont les papiers qu'il te faut ?

— Mon acte de naissance pour le mariage civil,
mon extrait de baptême pour le mariage religieux.

Madame Rosier devint très pâle.

Un tremblement nerveux agita ses mains.

— Ton extrait de baptême... — répéta-t-elle
d'une voix à peine distincte.

— Sans doute.

—Mais, malheureux enfant, tu es venu au monde
à Saint-Lazare... C'est l'aumônier de la prison qui
t'a baptisé, et c'est à Saint-Lazare qu'il faut aller demander cet acte qui prouvera ce que tu es et ce que
j'ai été...

Maurice pâlit à son tour.

— Misère de moi!! — fit-il les dents serrées. — Il
est écrit que je n'échapperai point à la tache ori-
ginelle... — Ah ! maudite soit ma naissance ! !

— Maurice... Maurice, que dis-tu ?... — murmura
madame Rosier tout en larmes.

— Je dis, — répliqua le jeune homme avec violence, — je dis qu'une circonstance minime en
apparence va faire crouler mon plan d'avenir... —
Ce misérable extrait de baptême brisera ma vie...

— Non, car je réfléchis qu'il pourra n'être point connu de la famille Bressolles...

— Comment ?

— Tu n'as pas besoin de présenter à la mairie l'extrait de baptême, à l'église seulement il est nécessaire... — Adresse-toi personnellement au desservant de la paroisse où le mariage aura lieu, confie-lui tout, demande-lui le secret, et sois certain qu'il s'empressera de te l'accorder.

— Oui, — dit Maurice redevenu calme, — vous avez raison... j'agirai ainsi... Mère, pardonnez-moi mon emportement...

— Ah ! cher enfant, moi seule ai besoin de pardon... — Quant aux autres pièces qu'il te faut, je les ai ici et je vais te les donner...

Madame Rosier alla dans sa chambre, ouvrit un meuble, y prit des feuilles de papier timbré et les remit à Maurice qui les serra dans son portefeuille.

— Maintenant, mère, — fit-il, — je vais vous quitter... — Je devais être de bonne heure rue de Verneuil et il est déjà midi... — Je suis en retard.

— Quand te reverrai-je ?

— Demain.

— A quelle heure ?

— Je serai ici à onze heures et demie... — Je viendrai vous prendre pour vous conduire à l'hôtel Bressolles où vous ferez aux parents la demande officielle, et où je vous présenterai ma future.

— Va donc, cher enfant...

Nous ne suivrons point Maurice rue de Verneuil, ni chez le notaire, ni à la mairie.

Nous ne ferons même pas assister nos lecteurs à la visite faite le lendemain par madame Rosier à l'ex-architecte et à sa femme.

Désormais nous devons marcher d'un pas rapide vers le dénouement de ce long récit.

Il nous suffira de dire que la mère de Maurice fut admirablement reçue par Ludovic Bressolles, par Marie et par Valentine elle-même.

Quand elle quitta l'hôtel de la rue de Verneuil, elle aimait Marie comme si la pauvre enfant était déjà sa fille.

A la porte de la mairie on pouvait lire, dans le cadre affecté aux publications de ce genre et sous le *petit grillage* auquel rêvent tant de jeunes filles, la promesse de mariage intervenue entre M. Maurice Vasseur et mademoiselle Marie-Henriette Bressolles.

Chez le notaire, les bases du contrat étaient arrêtées.

Il ne restait plus qu'à rédiger l'acte lui-même, et cette rédaction devait demander fort peu de temps.

Les jours succédaient aux jours.

Madame Rosier, complètement remise, ayant recouvré toutes ses forces, avait repris ses fonc-tions à la préfecture de police et, animée d'un nouveau et plus violent désir de vengeance à la suite des événements qui venaient de s'accomplir, elle multipliait ses recherches avec l'aide de Jode-let et de Martel, de Galoubet et de Sylvain Cornu, allant de quartier en quartier, et entourant de ses investigations toutes les maisons, afin de dé-couvrir la trace de Lartigues ou de Verdier.

Maurice savait que sa mère venait de recom-mencer son service, il en avait prévenu ses com-plices.

Ceux-ci, en apprenant qu'Aimée Joubert qu'ils croyaient morte était vivante, et de plus en plus dangereuse, avaient frissonné.

Les deux misérables se tenaient sur leurs gardes et redoublaient de prudence.

Le comte Yvan semblait avoir complètement dis-paru.

On ne le rencontrait nulle part ; — on n'enten-dait point parler de lui.

Lartigues s'était vainement efforcé de suivre, ou plutôt de trouver sa piste, et croyait que depuis son départ du Grand-Hôtel, il était véritablement loin de Paris.

Maurice avait parlé du comte à sa mère.

Celle-ci avait reçu de la préfecture la consigne de veiller sur le jeune Russe et de cacher sa demeure à tout le monde.

En conséquence, — fidèle à la consigne donnée, — elle répondit à son fils qu'elle ne savait rien, mais que selon toute vraisemblance Yvan Smoïloff voyageait.

Le comte absent n'était point à craindre.

Lartigues et Verdier se félicitaient de cette absence qui leur donnait du temps pour obéir aux ordres de Boris Romanzoff.

Maurice ne quittait guère l'hôtel de la rue de Verneuil où le retenaient à la fois ses projets matrimoniaux et la passion de Valentine qui, jalouse à l'excès, surveillait ses agissements auprès de Marie et lui défendait de faire sa cour d'une façon trop passionnée.

La jeune fille semblait calme, et sinon joyeuse du moins insouciante.

Cette insouciance et ce calme n'existaient qu'en apparence.

Marie cachait sous un masque placide son incurable douleur.

Elle se sacrifiait héroïquement pour son père, mais tout son cœur, toute son âme, toutes ses pensées, appartenaient à Albert de Gibray, ou plutôt à son souvenir car elle croyait fermement qu'il n'existait plus.

Le comte Yvan, depuis le jour où nous l'avons vu s'installer chez le juge d'instruction, n'était sorti que bien rarement, le soir et en voiture fermée.

Il voulait se soustraire aux tentatives dirigées contre lui, et de plus il se faisait un devoir de quitter Albert le moins possible.

Sous l'influence d'une médication nouvelle le jeune homme revenait rapidement à la vie. — Toute éventualité funeste semblait écartée désormais.

Paul de Gibray tenait le jeune Russe au courant de ce qui se passait à la préfecture de police.

Il savait qu'Aimée Joubert infatigable continuait et multipliait ses recherches, mais il savait aussi qu'elle n'obtenait aucun résultat, et de même que le magistrat il commençait à désespérer du succès final.

Depuis qu'Yvan avait appris par le petit baron Pascal de Landilly le rôle que Maurice Vasseur jouait à l'hôtel de la rue de Verneuil, il s'était senti pris d'une répulsion profonde pour le fils de la policière, à qui personnellement il n'avait rien à reprocher mais qui devenait le rival, par conséquent l'ennemi d'Albert de Gibray.

Il taxait cependant d'exagération les racontars du petit baron.

Dans sa naïveté d'honnête homme il ne pouvait croire que Maurice, très avant dans les bonnes grâces de madame Bressolles, — (du moins la rumeur publique l'affirmait), — poussât l'impudence jusqu'à prétendre à la main de la fille de Valentine.

Le Russe n'admettait pas qu'un mariage fût possible entre Maurice Vasseur et Marie Bressolles.

Il était en outre convaincu de l'amour de Marie pour Albert et, ne soupçonnant point les motifs du dévouement sublime de la pauvre enfant, il ne mettait pas un instant en doute qu'elle refusât de se parjurer, et que s'étant promise à Albert rien au monde ne pût la décider à se donner à un autre.

En conséquence Yvan s'était bien gardé de parler, soit au juge d'instruction soit à son fils, de
bruits qu'il regardait comme mensongers.

Un matin, cinq ou six jours après les déclara-
tions faites à la mairie de l'arrondissement par
M. Bressolles et Maurice, le Russe, assis près d'une
fenêtre dans la chambre d'Albert, lisait un journal.
Le jeune malade ayant pris une potion ordonnée
par Serge Iwanow dormait d'un calme et profond
sommeil.

Après avoir parcouru la partie la plus intéres-
sante du journal, Yvan Smoïloff laissa par hasard
tomber son regard sur l'endroit de la troisième
page où sont enregistrés au jour le jour les décès
et les mariages.

Tout à coup il fit un bond sur sa chaise.

Les noms de Maurice Vasseur et de Marie Bressolles venaient de frapper ses yeux.

Dans le premier moment de stupeur il se crut le
jouet d'une illusion.

— J'ai la berlue !... — murmura-t-il. — Je suis
le jouet de quelque ressemblance de nom...

Il regarda de nouveau, se convainquit bien vite
que l'illusion à laquelle il s'efforçait de croire
n'existait pas, et reprit :

2.

— C'est impossible cependant! Jamais je ne pourrai croire cela! — Lui, épouser Marie Bressolles! — Mais on la violente alors, on la trompe! — Pour qu'elle accepte ce mariage il faut qu'elle se croie devenue libre par la mort d'Albert... — Si elle le savait vivant, cette enfant pure et loyale ne reprendrait pas une parole librement donnée!... — Comment lui faire savoir qu'Albert n'est point mort... qu'il vivra... qu'il est sauvé, et que ce miracle, — car c'est un miracle, — s'est accompli pour elle, pour elle seule?...

» Non, ce mariage ne se fera pas! — il ne doit pas se faire!! — Je ne veux pas qu'il se fasse!... — Mais par quel moyen l'empêcher?

XXXVI

Après un instant de réflexion le comte Yvan, les sourcils froncés, le visage sombre, reprit :

— Qu'est-ce après tout que cette madame Rosier?... Une femme de police aujourd'hui, jadis la maîtresse d'un assassin... — Ce sont là de tristes garanties... — Ne sommes-nous point en face des agissements d'une mère qui veut à tout prix et par tous les moyens, même les moins avouables, faire une situation à son fils?... — Si cela est, je démasquerai la mère et le fils... — Je rendrai impossible ce mariage qui serait la mort d'Albert... — J'avertirai Marie Bressolles. Si je ne puis la voir je lui écrirai, et je trouverai quelque moyen de lui faire tenir ma lettre...

Le jeune Russe quitta la chambre du malade pour passer dans la sienne, s'habilla rapidement et sonna le valet de chambre de M. de Gibray.

— Je sors... — lui dit-il. — Mon absence sera courte... — M. Albert est endormi... — Si vous allez auprès de lui prenez des précautions pour ne point le réveiller.

— Bien, monsieur...

Le comte descendit, sauta dans une voiture qui passait à vide et se fit conduire rue Vavin, chez Gabriel Servet.

Le peintre était dans son atelier.

— Soyez le bien venu, — dit-il en serrant la main du visiteur. — Quel motif vous amène?... — Rien de fâcheux, j'espère?... Albert ne va pas plus mal?...

— Albert va mieux, et ce matin encore je croyais pouvoir répondre de lui, mais pendant que je fais tout pour le sauver on cherche à le tuer...

Gabriel Servet eut un tressaillement brusque.

— On cherche à le tuer! — s'écria-t-il.

— Oui.

— Comment? Expliquez-vous!...

Le comte Yvan raconta ce qu'il venait de lire dans un journal, et ce qu'il supposait des moyens employés pour obtenir, ou plutôt pour violenter le consentement de Marie.

— Il faut prévenir mademoiselle Bressoles... dit vivement le peintre.

— J'y ai pensé déjà... — répliqua le Russe. — Il faut lui faire savoir qu'Albert est en pleine convalescence et qu'il ira bientôt, accompagné par M. de Gibray, demander sa main à son père...

— Écrivez-lui tout cela...

— J'y suis parfaitement décidé, mais si vous ne me veniez en aide la lettre tomberait dans les mains de ceux qui veulent sacrifier la pauvre enfant... — Bref! j'ai besoin de vous...

— Vous avez besoin de moi ? — répéta Gabriel très surpris.

— Oui.

— Je suis à votre disposition, mais je ne devine pas du tout comment je pourrai vous servir...

— Rien n'est plus simple... — Simone étant la protégée de Marie Bressolles est reçue par elle... Marie lui fait ses confidences... — Mettez-moi en rapport avec cette jeune fille...

— Vous avez raison, l'idée est excellente. — C'est après-demain dimanche, Simone pourra sortir

du pensionnat de madame Dubief. — Ecrivez-lui
de se rendre ici...

— C'est ce que je vais faire à l'instant si vous le
permettez...

— Tenez, voilà tout ce qu'il vous faut...

En disant ce qui précède l'artiste désignait au
Russe une petite table flamande sur laquelle se
trouvaient encre, plumes, papier, enveloppes.

Yvan traça rapidement ces quelques mots :

> « *Paris*, 18 *mai.*

> » *Mademoiselle,*
> » *Au nom de l'affection que vous inspire mademoi-
selle Marie Bressolles, au nom de l'intérêt que vous
éprouvez pour M. Albert de Gibray, venez à l'atelier
de M. Servet, après-demain dimanche, à midi.*
> » *Affectueusement et respectueusement à vous, made-
moiselle,*
> » Comte YVAN SMOÏLOFF. »

Il mit sous enveloppe, ferma cette enveloppe à
la gomme et demanda :

— L'adresse, je vous prie?

Gabriel répondit :

— Mademoiselle Simone, lingère, au pensionnat

de madame Dubief, rue de la Ville-l'Évêque... — Je ne sais pas le numéro, mais l'indication du pensionnat suffit...

Le comte traça l'adresse.

— Merci... — dit-il ensuite à l'artiste. — Ce billet sera dans cinq minutes à la poste... — Au revoir... — A bientôt...

Il sortit, jeta l'enveloppe dans la première boîte aux lettres qui se trouva sur son passage et regagna la rue de Rennes.

Albert venait de s'éveiller.

Certes il demeurait encore bien pâle, bien amaigri, et cependant il suffisait de le regarder pour voir que la vie renaissait en lui.

En ce moment sa physionomie était soucieuse.

Yvan le remarqua du premier coup d'œil et lui demanda :

— Qu'avez-vous donc? Souffrez-vous ?

— Moralement, oui...

— Pourquoi ?...

— Je viens de faire un songe inquiétant...

— Lequel?...

— J'ai vu Marie en robe blanche, avec la couronne de fleurs d'oranger sur les cheveux... On la conduisait à l'église et de grosses larmes inondaient ses joues... Donc on la violentait et cela m'a fait peur...

Le comte essaya de sourire.

— C'était un rêve... — répliqua-t-il.

— Sans doute... Mais souvenez-vous qu'un autre rêve m'avait averti du danger que courait Marie...

— C'est vrai, seulement aujourd'hui le danger n'existe pas... — Je vous ai promis que mademoiselle Bressolles serait votre femme... ne vous préoccupez donc point de vos rêves.

— Avez-vous fait parvenir à Marie de mes nouvelles ?

— Pas encore, — Simone ira la visiter dimanche et lui dira combien vous allez mieux...

— Je voudrais voir Simone...

— Vous la verrez — Je la prierai de venir ici...

— Y consentira-t-elle ?

— J'en suis sûr.

L'entretien fut interrompu par M. de Gibray qui venait embrasser son fils.

La figure du juge d'instruction n'était plus sombre, car à chacune de ses visites il constatait une amélioration nouvelle dans la santé du convalescent.

Aussi éprouvait-il une reconnaissance sans

bornes pour le comte Yvan auquel il attribuait ce résultat merveilleux et inespéré.

— Père, — lui dit Albert, — voyez comme je vais bien... il me semble que dans huit jours je pourrai faire le tour de la chambre.

— Que Dieu soit béni! — s'écria le magistrat. — Mais surtout pas d'imprudence!

— Oh! soyez tranquille, père... Le comte veille sur moi, et j'obéis au comte...

*
* *

Le lendemain samedi, un peu après midi, les élèves de madame Dubief quittaient le réfectoire avec des cris joyeux et se disposaient à aller prendre dans le jardin la récréation bruyante et turbulente qui suit chaque repas.

Madame Dubief, entourée de ses sous-maîtresses, regardait défiler les pensionnaires, grandes et petites, qui toutes lui faisaient en passant une de ces belles révérences classiques dont les couvents et les pensionnats gardent le secret, et qu'il faut se hâter d'oublier en entrant dans le monde.

Simone, à deux pas du groupe, attendait madame Dubief qui avait quelques ordres à lui donner.

Lorsque le défilé fut fini, elle s'approcha de la directrice.

—Vous avez à me parler, madame?... — lui demanda-t-elle.

— Oui, mon enfant... — D'abord j'ai une bonne nouvelle à vous apprendre...

— Une bonne nouvelle!... — s'écria Simone; — Il s'agit de ma protectrice, n'est-ce pas, madame?

— Précisément... — J'ai reçu une lettre de M. Bressolles... — Il m'apprend que Marie va beaucoup mieux... Il ajoute qu'elle est au moment de se marier...

— Se marier... — répéta Simone avec une stupeur manifeste.

—Sans doute... — On croirait que cela vous surprend...

— C'est qu'en effet cela me surprend beaucoup, madame... — murmura la jeune fille.

— Pourquoi donc?...

— Parce que, lorsque j'ai vu mademoiselle Marie, il y a quelques jours, elle était bien souffrante et même bien malade.

— En quelques jours, mon enfant, la science médicale obtient souvent de grands résultats. — Vous en jugerez d'ailleurs par vos propres yeux...
— M. Bressólles me dit que Marie désire vous voir et me charge de vous en faire part... — Je vous laisse donc la libre disposition de votre journée de demain tout entière...

— Merci, madame...

Simone reçut ensuite différentes instructions de madame Dubief relatives au service de la lingerie, et regagna son second étage...

— Qu'est-ce que cela signifie? — se demandait-elle. — Il est question du mariage de mademoiselle Bressolles avec un autre que M. Albert de Gibray, car la lettre du comte Yvan Smoïloff, arrivée hier soir, me prouve jusqu'à l'évidence qu'il ne s'agit point de M. Albert... — Pauvres enfants, ce serait leur mort à tous les deux!! — Demain arrivera vite, et demain je saurai ce qui se passe...

A la minute précise où Simone s'éloignait de madame Dubief, un coup de cloche retentissait à la porte de la rue.

La femme du concierge, seule en ce moment dans la loge, se trouva en face de deux hommes qui la saluèrent avec politesse.

— Que désirez-vous, messieurs? — leur demanda-t-elle.

— Parler à madame la directrice de ce pensionnat... — répondit l'un des visiteurs.

Tous deux étaient des gens ayant dépassé la
cinquantaine, décemment et proprement vêtus
mais sans la moindre élégance, ayant des chapeaux
hors d'âge et des souliers lacés, portant sous le
bras des *serviettes* d'avocat bourrées de papiers;
bref, sentant d'une lieue l'*employé*, ce type dont
l'empreinte indélébile est si facilement reconnaissable.

— Entrez, messieurs... — répliqua la femme du
concierge. — Je vais prévenir madame Dubief
qu'on désire la voir... — Veuillez m'attendre un
instant, je reviendrai dans deux minutes...

XXXVII

La concierge courut trouver madame Dubief.

Celle-ci se trouvait toujours à la même place, surveillant de loin les élèves et les sous-maîtresses.

— Que voulez-vous, Justine ? — demanda-t-elle.

— Madame, il y a là deux personnes qui désirent vous parler.

— Deux dames ?

— Non, deux messieurs...

— Conduisez-les dans mon cabinet... — J'y vais...

Peu d'instants après les visiteurs étaient introduits près de l'institutrice.

— Pardonnez-nous, madame, de vous déranger... — fit l'un d'eux avec un sourire jovial, — nous réclamons toute votre indulgence, car notre ministère nous condamne à l'importunité.

— De quoi s'agit-il donc, messieurs ?...

— D'une chose bien simple, madame... — On procède en ce moment, dans les différents quartiers de Paris, au recensement général des portes et fenêtres... — Ce recensement achevé, on établira une nouvelle répartition qui dégrèvera au moins d'un cinquième les propriétaires, et par contre les locataires eux-mêmes...

— Mais c'est là une mesure extrêmement libérale ! — s'écria madame Dubief.

— Assurément, madame... — En conséquence, nous venons solliciter de vous l'autorisation de remplir notre mandat, et vous prier de vouloir bien nous faire conduire dans chaque pièce de cette maison...

— Je suis à votre disposition, messieurs, et je vais vous accompagner moi-même...

— Trop aimable, madame ! — Trop aimable, en vérité !

Les deux hommes ouvrirent leurs serviettes d'avocat, en tirèrent des papiers, des plumes, de

petits encriers portatifs, puis celui qui avait déjà
pris la parole ajouta en s'inclinant :

— Nous allons procéder par ordre... — Puisque
nous nous trouvons ici, commençons ici...

— Cette pièce, la première du rez-de-chaussée,
est mon cabinet de travail, — fit madame Dubief.

— Mon cher Billotet, — dit l'employé à son
compagnon qui n'avait point encore desserré les
dents, — veuillez constater le nombre des ouver-
tures... j'écrirai sous votre dictée...

Billotet, — puisque c'est ainsi que le nommait
son collègue, — fit entendre une voix nasillarde :

— Rez-de-chaussée... cabinet de travail... fenêtre
sur le jardin... porte à deux vanteaux et porte
pleine... Communiquant ?

— A une antichambre, — répondit l'institutrice.

L'employé muni de sa plume avait écrit sur un
papier réglé et divisé en colonnes ce que venait de
dicter Billotet.

Du cabinet on passa dans l'antichambre, et de
pièce en pièce on parcourut tout le rez-de-chaussée.

Madame Dubief conduisit ensuite les recenseurs
au premier étage.

Tout en inscrivant les portes et fenêtres annon-
cées par Billotet, le scribe questionnait en manière
de conversation l'institutrice sur l'emploi de telle
ou telle pièce.

Comme il ne se départait point d'une politesse
obséquieuse madame Dubief, quoique le jugeant
un peu curieux, lui répondait avec bonhomie.

Du premier étage où se trouvaient l'appartement
particulier de la maîtresse de pension, les chambres des sous-maîtresses, et d'autres pièces affec-
tées à différents services, on monta au second
étage.

Les dortoirs l'occupaient presque en entier.

Simone et les ouvrières sous ses ordres y faisaient leur besogne habituelle du samedi, besogne
consistant à placer sur le pied de chaque lit le
linge et les vêtements que les élèves devaient revê-
tir le dimanche matin.

— Ah! Simone, — dit madame Dubief à la
jeune fille qui passait à côté d'elle, — j'ai oublié
de vous dire que mademoiselle Perrier quittait la
maison. — Son père vient la chercher demain. —
Rassemblez ses effets.

— Bien, madame; tout sera prêt...

En entendant prononcer le nom de Simone, les

deux employés restèrent impassibles en apparence, mais leurs narines palpitèrent et une lueur fugitive s'alluma sous leurs paupières.

Ils examinèrent avec attention la jeune lingère à qui parlait madame Dubief et, cet examen achevé, ils échangèrent un regard.

Le recensement continua.

Le troisième étage se composait d'un dortoir supplémentaire, des lingeries, des garde-robes, et de plusieurs petites pièces servant de logements aux ouvrières et aux servantes.

Ces pièces furent visitées successivement.

L'une d'elles était meublée d'une façon bien simple mais presque coquette, et tenue avec un soin de ménagère flamande.

— Joli petit réduit ! — fit Billotet en nasillant toujours. — La personne qui loge ici mérite assurément un prix d'ordre et de propreté...

— En effet... — répondit madame Dubief. — La personne qui loge ici est ma lingère et se recommande par une foule de qualités...

— Qualités de vieille fille, sans doute... — dit le scribe en souriant.

— Ma lingère est jeune, monsieur, et très jolie...

3.

— Vous l'avez vue tout à l'heure... C'est Simone à qui j'ai parlé dans le grand dortoir...

Billotet, tandis que son collègue causait avec l'institutrice, regardait à droite et à gauche, comme s'il avait été chargé d'inventorier les meubles.

Tout à coup il tressaillit en apercevant sur la commode une lettre ouverte.

Il s'en approcha.

Cette lettre ne contenait que quelques lignes. — Un rapide coup d'œil lui suffit pour les lire.

Brusquement il se retourna et s'assit presque sur le bord de la commode en croisant ses mains derrière son dos.

— Qu'avons-nous ici? — demanda le scribe.

— Une fenêtre et une porte seulement...

— Passons alors à une autre pièce...

Le scribe sortit.

Madame Dubief et Billotet le suivirent.

La lettre n'était plus sur la commode.

L'institutrice tira la porte de Simone derrière elle.

— Vous n'ôtez pas cette clef, madame ? — demanda Billotet.

— Oh! non, monsieur... pas plus celle-ci que les

autres... — Dans ma maison les clefs restent toujours aux serrures... — Je n'emploie que des gens
d'une moralité certaine...

Le recensement se produisit avec rapidité et
s'acheva très vite. — Les employés semblaient
maintenant avoir hâte d'en finir.

Ils redescendirent en accablant madame Dubief
des protestations de leur gratitude, protestations
formulées en si bons termes que l'institutrice voulut les reconduire jusqu'à la porte de la rue.

Au lieu de franchir le seuil de la maison voisine
pour y continuer le travail qu'ils venaient d'exécuter dans l'intérieur du pensionnat avec un si grand
zèle, ils suivirent la rue de la Ville-l'Évêque jusqu'à
la rue de Cambacérès, prirent la rue de Suresnes et
ne s'arrêtèrent qu'à la porte du petit hôtel habité
par le pseudo-capitaine Van Broecke.

Billotet tira de sa poche une clef, ouvrit la porte,
et tous les deux disparurent dans la cour.

Nos lecteurs ont déjà reconnu les deux employés
se disant chargés du recensement des portes et
fenêtres.

Lartigues et Verdier, bien déguisés, bien grimés,
et suivant de point en point le plan tracé par Maurice, venaient de visiter le pensionnat de la cave

au grenier, et connaissaient la chambre de Simone.

— Eh bien ! compère, — fit Verdier en se redres-
sant, — avons-nous assez bien joué notre rôle ?

— Certes ! — répliqua Lartigues — et cela nous
aura servi mieux encore que tu ne le crois...

En même temps il tirait un papier de sa poche.

— Que veux-tu dire ? — demanda Verdier.

— Que nous savons d'abord où trouver Simone,
et que nous sommes certains de la présence du
comte Yvan à Paris...

— Comment cela ?...

— Lis ce billet...

Et Lartigues mit sous les yeux de son complice
la lettre volée par lui dans la chambre de Simone.

Cette lettre, nos lecteurs la connaissent déjà.

C'était celle que le jeune Russe avait écrite à la
lingère pour l'engager à se rendre chez Gabriel
Servet le dimanche suivant, à midi.

— Oh ! oh ! — fit Verdier, — voici qui me semble
bizarre ! — Il s'agit d'Albert de Gibray, de Marie
Bressolles, et Simone est mêlée à tout cela ! —
Que se trame-t-il donc autour de nous ?... Où se
cache le comte Yvan, que nous croyons bien loin

de Paris? Ce sont là des mystères qu'il faut éclair-
cir... — Notre salut pourrait bien en dépendre...

— J'ai compris cela... et voilà pourquoi j'ai fait
main basse sur la lettre...

— Quel est ce M. Servet ?

— Le peintre chez lequel Simone a posé... et de
plus un ami d'Albert de Gibray...

— Cet Albert que les médecins condamnaient
serait-il sauvé, et voudrait-on tenter quelque chose
contre Maurice?...

— Je n'en sais rien, mais cela me paraît possible... presque probable... — Il importe de voir
Maurice... — Causer avec lui me paraît indispensable, ne fût-ce que pour décider le jour où nous
agirons contre Simone...

— Le plus tôt sera le mieux...

— Sans doute, mais il faut nous entendre avec
Maurice à ce sujet... — Je vais lui faire porter un
mot par un commissionnaire... — Je passerai
ensuite à la poste de la rue d'Enghien... — J'y
trouverai peut-être une lettre de Michel Brémont...

— Iras-tu toi-même?...

— Sans doute.

— Tu ne crains pas que ce soit imprudent ?

— Non. — De ce côté nous n'avons rien à

craindre... — Le nombre des lettres adressées chaque jour poste restante, à des initiales, est trop considérable pour qu'on y puisse accorder une attention sérieuse...

— Quand te reverrai-je ?

— Ce soir.

— Tu viendras dîner avec moi ?

— Oui, après avoir fait une visite à mon appartement de la rue Béranger...

Verdier écrivit en toute hâte quelques mots, les mit sous enveloppe, traça l'adresse et sortit.

Un commissionnaire fut chargé de porter la lettre rue de Navarin, et le faux abbé Méryss se rendit au bureau de poste de la rue d'Enghien.

XXXVIII

Une lettre d'Angleterre, aux initiales convenues, attendait Verdier dans les casiers de la *poste res- tante*.

Il mit cette lettre dans son portefeuille et, aussitôt rentré chez lui, la déchacheta et la lut.

L'extrême insignifiance de son contenu lui fit supposer que Michel Brémont s'était servi d'une *grille* pour l'écrire.

Il prit alors lui-même une grille pareille à celle trouvée sur le cadavre de Gustave Perrier et remise à Aimée Joubert, que nous avons vue en donner la clef aux membres du parquet et de la préfecture.

Il apposa cette grille sur la feuille de papier à

lettre, et dans les cases découpées il lut les mots
suivants :

« *Indispensable de se hâter. — Je crains que les
journaux anglais, muets jusqu'à ce jour, ne s'occupent
de l'importante succession non réclamée d'Armand
Dharville, et que l'ambassade n'ordonne des recherches.
Êtes-vous enfin en mesure d'en finir ? — Écrivez-moi
sans le moindre retard car mon inquiétude est grande...*»

— Diable ! — murmura Verdier. — Notre associé
de Londres a raison... — Il n'y a pas une minute
à perdre, en effet !... — En attendant le mariage
de Maurice, qui nous permettra de supprimer
Marie Bressolles, il faut nous défaire de cette
Simone devenue l'affiliée du comte Yvan !!

Le faux abbé Méryss passa dans une petite pièce
sombre servant de laboratoire, où se trouvaient un
fourneau, des alambics, des cornues, et nombre de
fioles contenant des acides et des substances phar-
maceutiques.

Il alluma la lampe et détacha de la muraille un
masque de verre qu'il attacha sur son visage, et il
examina la liqueur d'un jaune pâle renfermée dans
une cornue.

— Ce n'est pas à son point... — dit-il. — Demain il faudra procéder à une nouvelle distillation...

Tout étant remis en ordre, Verdier ôta le masque de verre, regagna sa chambre à coucher, tira en avant son lit, fit jouer le ressort que nous connaissons et descendit, grâce au trappillon mobile, dans son deuxième appartement dont nous savons que les fenêtres donnaient sur le boulevard du Temple.

Il entra dans le cabinet aux travestissements et revêtit son costume d'ecclésiastique.

Seulement il modifia du tout au tout sa physionomie.

La tête de l'abbé Méryss était celle d'un homme encore vert.

Verdier dessina sur son visage une foule de petites rides, mit une perruque blanche à longs cheveux, une paire de lunettes aux verres légèrement teintés de bleu, et ressembla d'une façon frappante à un vieux curé de campagne à l'allure lente et à la figure débonnaire.

Pour compléter son travestissement il s'appuya sur une forte canne à pomme d'ivoire, plaça sous son bras gauche un bréviaire aux feuilles racornies par un fréquent usage, sortit par la porte donnant sur le boulevard et se rendit à la rue de Suresnes.

Lartigues l'attendait pour dîner.

Tous deux se mirent à table et la conversation s'engagea.

— Avais-tu une lettre de Michel Brémont ? — demanda Lartigues.

— Oui.

— Que te disait-il ?

— Des choses peu rassurantes.

— Lesquelles ?

— Il craint que l'ambassade française n'ordonne des recherches pour trouver les parents d'Armand Dharville... — Il craint en outre que les journaux anglais ne s'occupent d'un héritage de plusieurs millions tombé en déshérence...

— Pour cela, — répliqua Lartigues, — il faudrait, ce me semble, que le *solicitor* ait communiqué le testament, et Michel nous a garanti de la manière la plus formelle qu'aucune communication de ce genre n'aurait lieu...

— Sans doute, mais notre associé de Londres n'est point un alarmiste, tant s'en faut. — Pour qu'il nous dise ce que je viens de te répéter, il faut qu'il ait des craintes sérieuses et fondées...

— Quand lui écriras-tu ?

— Aussitôt après dîner.

En effet, dès que le repas fut fini et en attendant l'arrivée de Maurice, Verdier prit une feuille
de papier quadrillé sur laquelle il appliqua une
grille que lui donna Lartigues, et dans les cases il
traça les mots suivants :

« *Tout va bien ici comme je te l'ai écrit. — Dans
les premiers jours de juin tout sera fini. — Nous aurons
les extraits de mort en notre possession. — Écris-moi
si nous devons partir te rejoindre après l'affaire faite,
et laisser notre jeune homme à Paris se charger de faire
relever les extraits. — Il viendrait nous retrouver à
Londres. — L'espionne nous harcèle sans cesse. — Nous
sommes traqués et il serait prudent de nous esquiver le
plus vite possible. — J'attends une réponse mercredi. —
J'irai la prendre au bureau de la rue d'Enghien, toujours sous le couvert I. J. K., 50.*

Ceci fait, Verdier retira la grille et se mit à remplir les vides de manière à ce que l'ensemble de la
lettre donnât le résultat suivant :

       « Mon ami,

» Tout danger a disparu. — Ma femme va très
bien, mais je m'ennuie ici. — Je pense, comme
dernièrement je te l'ai dit et comme mon fils

te l'a ÉCRIT, la ramener dans notre pays vers LES
PREMIERS beaux JOURS, c'est-à-dire dans le commencement DE JUIN, et je suis certain que TOUT ici SERA
bien FINI pour mes affaires en litige. Tu me de-
mandes si NOUS nous occupons d'avoir et si nous
AURONS ce que tu désires, LES EXTRAITS des compte-
rendus du procès qui te préoccupe, car il en-
traînera la peine DE MORT. Nous les aurons EN entier
en NOTRE POSSESSION. — Mon ami, ÉCRIS-MOI si tu
veux m'être agréable, et dis-nous SI NOUS DEVONS,
avant de partir, aller TE chercher l'adresse de ta
sœur et REJOINDRE ton gendre APRÈS que L'AFFAIRE
qui me préoccupe sera FAITE, ET devrons-nous LAIS-
SER seul à Paris NOTRE fils? — Il est bien JEUNE. Si
c'était un HOMME je n'hésiterais pas, mais A PARIS
il pourrait se CHARGER, si tu veux, DE FAIRE, pour
gagner du temps, RELEVER au tribunal LES EXTRAITS,
si je ne les avais pas tous. — Après IL VIENDRAIT de
suite nous RETROUVER à Anvers OU A LONDRES.

» Ma belle-mère, L'ESPIONNE, comme je l'appelle
entre NOUS, nous HARCÈLE et est SANS CESSE à écouter
à nos portes. NOUS SOMMES vraiment TRAQUÉS comme
par l'inquisition. — Elle est insupportable ET IL
faudrait, il SERAIT PRUDENT, mon ami DE pouvoir
NOUS ESQUIVER de Paris LE PLUS adroitement, le plus

VITE POSSIBLE. — Je voudrais la fuir. — J'ATTENDS à bref délai UNE RÉPONSE de toi à ce sujet. — Mercredi probablement J'IRAI voir la petite et LA PRENDRE AU sortir de mon BUREAU.

» J'ai vu ton ami DE LA RUE du Bac et celui de la rue D'ENGHIEN, ils se portent TOUJOURS très bien.

» Mets-moi sous enveloppe, je t'en prie, LE portrait de ta petite fille et bien COUVERT. — Tu obligeras ton vieux I. J. K. 50, comme nous disions à la pension.

» A bientôt, embrasse ta famille pour nous.

» Nous t'embrassons tous.

» Ton ami,

» P. Martin. »

Ceci fait, Verdier plia sa lettre, la glissa sous enveloppe et traça cette suscription :

« LONDRES.

» Regent-street, — Bureau restant.
» Monsieur X. Y. Z. 21. »

» ANGLETERRE. »

— Ce soir en m'en allant, — dit-il, — je jetterai cette lettre dans la première boîte que je trouverai

sur mon passage, — elle partira demain par le cour-
rier du matin...

Et il plaça la lettre dans son bréviaire.

L'enveloppe dont Verdier s'était servi était d'une
forme allongée, faite d'un papier épais d'une
nuance d'un gris jaune.

Elle dépassait un peu les feuilles du bréviaire.

— Prends garde, — dit Lartigues, — tu pourrais la perdre...

— Non... — Le livre en se fermant la serre... —
Il est impossible qu'elle glisse.

Tout en parlant, Verdier regardait la pendule.

Elle marquait neuf heures et demie, et Maurice
n'était point encore là.

Les deux complices, en l'attendant, se mirent à
causer de leurs affaires.

A dix heures un coup de sonnette retentit à la
porte du petit hôtel.

Dominique courut ouvrir.

Un instant après il introduisit le fils d'Aimée
Joubert.

— J'ai reçu votre mot en rentrant chez moi,
mon cher abbé... — dit Maurice à Verdier... —
J'accours très fatigué... — Que se passe-t-il?... —
Est-ce bon ou mauvais?...

— Vous allez tout savoir, et vous jugerez... — Mais d'abord asseyez-vous...

Maurice prit un siège.

— Avez-vous opéré le recensement des portes et fenêtres de madame Dubief? — demanda-t-il en riant?

— Oui, et c'est même à ce propos que nous vous avons écrit.

— La chose a bien marché?

— Le mieux du monde.

— Vous avez vos renseignements ?

— Très précis... — Je tracerai demain le plan des lieux. — Nous savons que Simone couche dans la maison, nous savons que la clef reste jour et nuit sur la porte de sa chambre à laquelle, en passant par le jardin, nous arriverons facilement.

—Eh ! bien, mais, — s'écria Maurice, — tout cela me semble parfait.

— Sans doute, seulement voici qui l'est moins.

— Quoi donc?

— Ceci...

Et Verdier tendit au jeune homme la lettre écrite à Simone par le comte Yvan.

— Qu'est-ce que ce papier ?

— Lisez.

Maurice lut d'un seul coup d'œil et fronça les sourcils.

— Eh bien ! qu'en pensez-vous? — demanda Lartigues.

XXXIX

— Ce que j'en pense? — s'écria le fils d'Aimée Joubert. — Parbleu ! ce que vous en pensez vous-même... — Le comte Yvan à Paris, en relations avec Simone, lui parlant de Marie Bressolles et d'Albert de Gibray, et travaillant sans le moindre doute à démolir nos plans, c'est très dangereux... — Mais comment diable avez-vous fait pour vous procurer cette lettre?

— Je l'ai prise tout simplement sur une table dans la chambre de Simone, au pensionnat... — répondit Lartigues.

— C'est notre bonne étoile qui vous a conduit là... — Il est clair comme le jour que le comte

Yvan se cache, que son prétendu voyage n'est qu'une feinte, et qu'il a entrepris la guérison d'Albert de Gibray pour m'enlever Marie.

— Vous croyez ?

— Parfaitement, et d'ailleurs nous saurons bientôt à quoi nous en tenir...

— De quelle manière ?...

— Il faut suivre demain Simone et savoir où elle ira...

— Je m'en charge... — dit Lartigues.

Maurice reprit avec un mauvais sourire :

— Et moi qui jugeais inutile la suppression du comte Yvan !... Moi qui refusais de m'en mêler !... — Il est bien probable que demain j'aurai changé de manière de voir.

— Ah ! vous revenez à notre avis ? — dit Verdier.

— J'y reviendrai sans doute quand je saurai ce qui se trame...

— Quel peut être le but du comte ? — demanda Lartigues.

— Tout simplement de protéger deux amoureux peut-être... — dit Verdier.

— Désir absurde ! — s'écria Maurice. — Jamais M. de Gibray ne donnera son consentement au mariage de son fils avec Marie.

— Qui sait? — Marie Bressolles sacrifie bien l'amour qui la consume pour sauver son père d'un désespoir mortel... — M. de Gibray immolera peut-être sa haine pour sauver la vie de son fils... — Je ne vois que cela, moi, au fond de toutes les menées du comte, et si je ne suis point dans le vrai je suis du moins dans la logique...

— En tout cas, — fit vivement Maurice, — le comte en agissant ainsi ferait crouler l'édifice si laborieusement construit par nous... — Quel que soit son but, ce but est dangereux...

— Je me demande où il est allé se cacher, — murmura Lartigues.

— C'est à vous de le savoir...

— Et je le saurai...

— Quant à Simone, il importe de nous en débarrasser au plus vite! — reprit le fils d'Aimée Joubert. — Êtes-vous prêt? — ajouta-t-il en s'adressant à Verdier qui répondit :

— Pas encore... — D'ici à deux ou trois jours seulement je pourrai mettre de l'acide prussique en quatité suffisante à votre disposition...

— Hâtez-vous... — Songez que la signature du contrat doit avoir lieu dans une semaine...

— Demain nous verrons-nous ? — demanda Lartigues.

— Oui, mais le soir seulement, et à une heure avancée de la soirée car je resterai tard à l'hôtel de la rue de Verneuil. — Où vous trouverai-je ?

— Nous vous attendrons ici tous les deux...

— Et vous pourrez me dire ce que Simone aura fait pendant la journée ?...

— De point en point...

— A demain donc... — Je vous quitte...

— Moi je partirai tout à l'heure... — fit Verdier, — je ne veux pas qu'on me rencontre avec vous sous ce costume...

— Que je vous blâme beaucoup d'avoir pris, car vous savez qu'il est connu et signalé... — répliqua Maurice.

Verdier haussa les épaules.

— Celui qu'on signale, — dit-il, — est l'abbé Méryss, un homme relativement jeune et d'apparence vigoureuse... — On ne le reconnaîtra point dans le vieux curé de campagne courbé et alourdi par l'âge... — Soyez sans inquiétude...

Maurice partit.

Le faux abbé ne tarda point à en faire autant et

quitta le petit hôtel en voûtant ses épaules et en s'appuyant sur sa canne.

Il était en ce moment près de onze heures du soir.

* *

Madame Rosier, nous le savons, s'était tracé un plan, et pour l'exécuter elle explorait successivement tous les quartiers.

Ce jour-là, avec la coopération de Jodelet et de Martel, de Galoubet et de Sylvain Cornu, elle battait le quartier des Ternes.

Tout Paris devait être ainsi *épluché*, passé au crible.

Hôtels, maisons garnies, chambres meublées, étaient l'objet des investigations les plus minutieuses.

Il semblait impossible à la policière que ce labeur incessant, acharné, ne finît point par donner quelque résultat.

Vers sept heures elle renvoya Jodelet et Martel qui, ayant passé sur pied la nuit de la veille, avaient absolument besoin de repos.

Elle garda seulement Sylvain Cornu et Galoubet.

4.

Debout depuis le matin Aimée Joubert était brisée, mais elle se raidissait contre la fatigue et voulait, avant de rentrer chez elle, visiter deux ou trois tripots clandestins qu'elle connaissait dans le faubourg du Roule, et prendre des renseignements auprès de certains habitués ayant avec la police des attaches mystérieuses.

Madame Rosier ne portait aucun déguisement.

Son costume de ville était celui d'une bourgeoise fort à son aise et presque élégante.

Sylvain Cornu avait un uniforme de maître d'équipage à bord d'un navire de l'État.

Galoubet portait la vareuse et le chapeau de cuir bouilli d'un matelot.

En voyant passer nos trois personnages, le plus malin n'aurait jamais deviné en eux trois *numéros* de la brigade de sûreté.

Aimée Joubert emmena dîner ses compagnons dans un restaurant de l'avenue des Ternes, et les quitta vers neuf heures pour aller jeter un coup d'œil dans les tripots dont nous avons parlé.

Sylvain et Galoubet devaient l'attendre au restaurant.

La policière fit sa ronde, — ayant partout le mot de passe, — et comme une joueuse émérite jeta quelques pièces de cent sous sur les tapis verts crasseux.

Inutile tournée.

Les visites n'amenèrent aucune découverte.

A dix heures et demie elle était de retour près de ses acolytes, leur fit un signe et descendit avec eux, par une soirée magnifique, la rue du Faubourg-Saint-Honoré.

Tous les trois allaient lentement.

Madame Rosier s'appuyait au bras de Sylvain Cornu, très digne sous son accoutrement de marin.

Galoubet marchait à côté d'eux.

Ils causaient à demi-voix, à bâtons rompus, de choses et d'autres, et venaient de dépasser la rue de Penthièvre.

Vers onze heures du soir, dans le riche faubourg Saint-Honoré, les boutiques sont presque toutes closes.

On chemine entre de vastes hôtels, magnifiques et mornes, avec leurs façades en pierre de taille et leurs hautes portes cochères rigoureusement fermées.

Galoubet aperçut tout à coup la lanterne rouge d'un débit de tabac.

— Bonne affaire ! — dit-il. — Je vais me payer pour cinquante centimes de caporal... — Marchez toujours, je bourre ma *bouffarde*, je l'allume et j'aurai tôt fait de vous rejoindre...

— Nous prendrons la rue Royale et le boulevard... — répondit madame Rosier, qui en effet continua sa route avec Sylvain Cornu tandis que Galoubet entrait chez le marchand de tabac, cumulant avec cette industrie privilégiée celle de liquoriste.

Il n'y avait pas un seul client dans la boutique.

Le mari dormait derrière son comptoir à liqueurs tandis que sa femme lisait un roman derrière son comptoir à tabac, en face de sa balance et de ses boîtes à cigares et à cigarettes.

— Un paquet de cinquante centimes, madame, s'il vous plaît... — dit Galoubet.

La femme quitta sa lecture pour chercher sur un rayon, derrière elle, le paquet demandé.

— Bon ! — fit-elle d'un ton maussade, — il n'y en a plus ! — Je lui avais cependant dit d'en monter tantôt, à ce paresseux-là ! — Mais quand il s'agit de se remuer, bernique-sansonnet ! — plus personne ! — Timogène ! eh ! Timogène !

Le mari, qui portait le nom de Timogène, fit un bond sur sa banquette de moleskine.

— Eh ! bien, quoi, bobonne ? — demanda-t-il en se réveillant. — Qu'est-ce que c'est ? — qu'y a-t-il ?

— Il y a qu'il n'y a plus de paquets à cinquante centimes sur la tablette... — Descends en chercher et vivement ! Je ne peux pas quitter la boutique, tu dors toujours !

Timogène prit une lumière et sortit en bâillant.

— Excusez-moi, monsieur, — dit la marchande au faux matelot. — Ça ne va pas être long...

— Suffit, madame, j'attendrai...

— Donnez-vous la peine de vous asseoir...

— Inutile... les jambes sont bonnes...

Et Galoubet tira de sa poche une blague qu'il ouvrit pour être prêt à y introduire le contenu du paquet de tabac qu'on allait lui remettre.

En ce moment la porte restée entr'ouverte s'ouvrit tout à fait, et un vieux prêtre, à cheveux blancs, très voûté, s'appuyant sur une canne à pomme d'ivoire, en franchit le seuil.

Tout en arrangeant sa blague, Galoubet regarda distraitement le nouveau venu.

XL

— Qu'y a-t-il pour votre service, monsieur, — demanda la marchande au vieux prêtre qui répondit :

— Veuillez me donner, madame, un timbre de vingt-cinq centimes.

La voix était nasillarde et traînante.

Galoubet la trouva bizarre et regarda plus attentivement celui qui venait de parler.

Le vieil ecclésiastique avait posé son bréviaire sur le comptoir.

Il en tira une enveloppe longue, de papier d'un gris jaune, sur laquelle il colla le timbre que la marchande venait de lui donner en échange de vingt-cinq centimes.

— Merci, madame, — fit-il ensuite en sortant de la boutique. ✓

Galoubet, qui le suivait des yeux à travers les carreaux, le vit glisser l'enveloppe jaunâtre dans la boîte aux lettres du bureau de tabac.

A cette minute précise le marchand remontait de la cave, apportant une vingtaine de petits paquets.

Le detective en prit un, le paya, en inséra le contenu dans sa blague et quitta le *débit* tout en bourrant sa pipe.

A vingt pas devant lui marchait le prêtre, toujours voûté et s'appuyant plus que jamais sur sa canne.

En ce moment un fiacre passait au petit trot, descendant le faubourg Saint-Honoré et se dirigeant vers le boulevard.

Le prêtre fit halte et héla le cocher, non plus d'une voix traînante et nasillarde, mais d'un organe sonore et plein.

Galoubet tressaillit et s'arrêta court.

— Tonnerre du diable! — se dit-il. — Cette voix, c'est celle que j'ai entendue chez Cabusson, à Port-Créteil...

Ce souvenir lui traversa l'esprit avec la rapidité de l'étincelle électrique, mais l'ecclésiastique avait eu le temps de traverser la chaussée, de monter dans le fiacre, et le cocher fouettait vigoureusement son cheval qui partait grand train.

— Nom de nom, de nom, d'un nom ! — fit Galoubet en prenant sa course, — c'est l'associé de Lartigues !... c'est l'abbé Méryss ! et il nous échapperait encore...

La voiture s'éloignait à toute vitesse.

Soudain Galoubet cessa de courir.

— Double animal que je suis ! ! ! — murmura-t-il en se frappant le front. — C'est bien inutile de m'éreinter à lui donner la chasse... — Nous le pincerons quand même...

Le fiacre, traversant la rue Royale, filait dans la rue Saint-Honoré.

Galoubet le laissa filer et se dirigea d'un bon pas vers le boulevard.

Au coin de la place de la Madeleine, près du bureau des omnibus *Bastille-Madeleine*, il aperçut madame Rosier et Sylvain Cornu qui s'étaient arrêtés pour l'attendre.

— Pas de chance ! — fit-il en les rejoignant. — Ah ! non, par exemple ! pas pour un sou de chance ! ! !

Sous la lueur du bec de gaz la policière remarqua la figure décomposée de l'agent et demanda vivement :

— Qu'y a-t-il donc ?

— Il y a que je suis une brute, que je mériterais des coups de pied dans mon gaillard d'arrière et que je m'arracherais volontiers une ou deux poignées de cheveux...

— Mais, pourquoi ?

— Parce que je viens de voir le faux abbé, et que le brigand m'a filé encore une fois entre les doigts...

— Verdier !!! — s'écria la policière très émue.

— Oui... en vieux curé de campagne... Je l'ai reconnu à la voix... Trop tard...

Et Galoubet raconta ce qui venait de se passer.

Quand il eut achevé, madame Rosier demanda :

— Vous dites qu'il a mis une lettre dans la boîte du magasin de tabac ?...

— Oui, une lettre sous enveloppe jaunâtre — (je la reconnaîtrais entre cent) — avec un timbre de vingt-cinq centimes.

La policière réfléchit pendant quelques secondes.

— Que l'un de vous, — fit-elle ensuite, — aille tout de suite chez un pharmacien, chez un épicier ou chez un droguiste, et se procure un pot de glu...

VI. 5

— De glu... — répéta Sylvain Cornu qui ne comprenait pas.

— Oui, de la glu avec laquelle on attrape les oiseaux...

— Mais il est déjà tard... — Si les magasins sont fermés ?...

— Vous les ferez ouvrir en excipant de votre qualité d'agent de la sûreté... — Vous avez sur vous vos cartes ?

— Oui, patronne...

— J'y cours... — dit Sylvain...

— Vous nous retrouverez au coin du faubourg Saint-Honoré...

— Convenu...

Sylvain s'éloigna.

— Vous, Galoubet, reprit Aimée Joubert, — procurez-vous au bureau des omnibus un balai de bouleau et arrachez-en quelques brins longs et flexibles.

— Suffit, patronne, quoique je ne comprenne pas très bien ce que vous en voulez faire... — la *pipée* est défendue dans Paris.

Il s'approcha du bureau, et s'adressant au préposé au balayage qui lourd de sommeil bâillait en se détendant les bras, il lui demanda :

— Vous n'auriez point par hasard un balai de bouleau ?...

— Si fait matelot... — Qu'est-ce que vous en voulez faire ?...

— J'aurais besoin de deux ou trois brins, en payant, bien entendu...

— Oh ! inutile de payer... Pour ce que ça vaut !... Tenez, en voilà un tout neuf... — Prenez ce qu'il vous faut...

En même temps le garçon exhibait un balai qui n'avait jamais servi.

Galoubet arracha quelques-uns des brins les plus longs, glissa cinquante centimes dans la main du garçon et rejoignit madame Rosier.

— Voici l'affaire... — dit-il en lui montrant les brins.

— Avez-vous un couteau ?

— Parbleu ! — Mon eustache, ma pipe et ma blague ne me quittent jamais...

— Prêtez-le-moi...

Le detective tendit son couteau.

— Gagnons le faubourg Saint-Honoré... — reprit la policière.

Tout en marchant, elle détachait des brins de

bouleau les petits branchages, laissant la branche mère tout unie.

Ils arrivèrent au point d'intersection de la rue Royale et du faubourg.

La demie après minuit venait de sonner.

Le flot des Parisiens sortant des cafés et des théâtres diminuait. — Encore un peu de temps et les piétons attardés deviendraient rares...

Dix minutes s'écoulèrent.

— Sylvain ne revient pas... — murmura Galoubet.

— Attendons avec patience... — répondit madame Rosier.

Enfin un pas rapide résonna sur le trottoir et une silhouette connue se dessina dans la pénombre.

C'était Sylvain Cornu.

— Avez-vous ce dont j'ai besoin ? — demanda la policière.

— Oui, mais pas sans peine... — Ah! il m'a fallu courir... — Enfin, voici l'objet.

Et Sylvain présenta un petit pot de faïence blanche, recouvert d'un parchemin ficelé.

— Bien... — Maintenant, suivez-moi...

Madame Rosier et ses sous-ordres remontèrent le

faubourg Saint-Honoré pour se rendre à la boutique du liquoriste-marchand de tabac.

Chemin faisant elle dit aux deux hommes :

— Nous allons faire une chose illégale... une
chose que n'autorise pas mon mandat, mais il y a
des moments où je trouve les voies légales beaucoup trop longues... — D'ici à demain la chance
de réussite qui s'offre à nous cette nuit pourrait
s'évanouir... — Vous garderez donc, jusqu'à nou-
vel ordre, le secret de notre tentative.

— Comptez sur nous, patronne... — dit Galoubet.

— Nous savons bien que vous avez bonne intention, — ajouta Sylvain Cornu. — Qu'est-ce que
nous voulons, nous? — Gagner honnêtement l'argent qu'on nous donne, amener l'arrestation du
faux curé, et toucher la prime de quatre mille
francs que vous avez promis de nous compter le
jour où nous aurons mis la main sur Lartigues et
sur son complice...

— Je tiendrai ce que j'ai promis...

— Ah! patronne, nous n'en doutons pas.

Nos trois personnages arrivaient en face du
débit de liqueurs et de tabac.

La boutique était fermée.

A l'entresol, au-dessus de cette boutique, brillait une faible lumière.

— C'est là qu'ils doivent coucher, — dit la policière, — ils pourraient ouvrir leur fenêtre... — Attendons qu'ils soient endormis... — Promenons-nous un peu...

Aimée Joubert, Galoubet et Sylvain remontèrent lentement jusqu'au poste de police qui se trouve au palais de l'Élysée.

Un sergent de ville faisait faction au dehors.

En voyant ces promeneurs nocturnes il les regarda avec une attention marquée.

La policière et les deux hommes rebroussèrent chemin, puis revinrent une seconde fois jusqu'au gardien de la paix que ces allées et venues préoccupaient visiblement.

Sylvain s'en aperçut.

— Le *Sergot* nous guette... — dit-il en riant à madame Rosier.

— Je le vois bien... — répliqua-t-elle, — et comme je ne veux pas qu'on vienne nous déranger tout à l'heure, entrons et faisons-nous reconnaître...

Puis elle se dirigea vers le poste placé sous la surveillance d'un officier de paix.

Le gardien lui demanda ce qu'elle voulait.

Elle tira de sa poche sa carte de la préfecture et la lui présenta.

— Suffit ! Passez... — fit-il.

Ils entrèrent.

L'officier de paix causait avec le brigadier des sergents de ville.

Madame Rosier s'approcha de lui et se fit reconnaître.

— Nous sommes en surveillance dans le bas du faubourg ; — lui dit-elle, — je viens vous prier d'empêcher vos hommes de passer par là en faisant leurs rondes, jusqu'au moment où je viendrai vous dire que nous quittons notre poste d'observation.

XLI

L'officier de paix répondit à la policière.

— Il suffit, madame... le brigadier va donner des ordres en conséquence...

En effet le brigadier des sergents de ville modifia l'itinéraire de rondes de ses hommes, et madame Rosier sortit avec Galoubet et Sylvain Cornu.

— De cette façon, — leur dit-elle, — rien ne nous empêchera d'agir en toute liberté...

Ils retournèrent au bureau de tabac, traversèrent le faubourg et s'arrêtèrent devant la boutique.

La lumière de l'entresol s'était éteinte.

Le liquoriste et sa femme dormaient probablement tous les deux.

— Galoubet... — fit madame Rosier.

— Patronne...

— Tenez-vous sur la chaussée, à dix pas de nous, l'œil et l'oreille au guet, et avertissez-moi si quelque passant venait de ce côté...

— As pas peur... je veillerai au grain...

— Vous êtes sûr que l'enveloppe de la lettre mise dans la boîte par le faux curé est en papier jaunâtre?...

— Parfaitement sûr, et elle porte un timbre de vingt-cinq centimes, preuve qu'elle est adressée à l'étranger...

— Bien... — Gagnez votre poste...

Galoubet s'éloigna de quelques pas.

Madame Rosier reprit :

— Vous Sylvain, découvrez le pot de glu.

Le detective obéit, en se disant tout bas :

— Je crois que je commence à comprendre...

La policière introduisit dans le pot de glu le bout flexible d'un des brins de bouleau qu'elle tenait à la main, et l'introduisit doucement, avec précaution, par l'étroite ouverture de la boîte.

— Sapristi! — fit Sylvain Cornu enthousiasmé. — Pour une riche idée, voilà une riche idée!

— Elle n'est pas de moi... — répondit Aimée

Joubert en souriant, — bon nombre de voleurs la mettent chaque jour en pratique pour dévaliser les troncs des églises...

L'extrémité du brin de bouleau avait touché le fond de la boîte.

La policière la retira lentement.

Une lettre adhérait à la pointe de la branchette, mais l'enveloppe de cette lettre était blanche.

— Ce n'est pas cela ! — murmura madame Rosier non sans dépit.

Elle trempa de nouveau le bout de la branchette dans la glu, et recommença son opération.

L'extrémité toucha une seconde fois le fond et ramena une seconde lettre.

Aimée Joubert eut peine à retenir une exclamation de joie en voyant apparaître l'enveloppe jaune.

— Nous la tenons ! — fit-elle.

— Bonne affaire ! — appuya Sylvain Cornu.

Madame Rosier remit dans la boîte la première lettre, jeta les brins de bouleau dont elle n'avait plus besoin et donna l'ordre à Sylvain de refermer le pot de glu.

— Galoubet, — dit-elle ensuite, — allez prévenir
au poste de l'Élysée que notre surveillance dans le
quartier est terminée... — Nous vous attendons
ici... — Faites vite...

L'agent joua des jambes avec une vélocité si
grande qu'au bout de cinq minutes il était de
retour.

— Si nous trouvons maintenant une voiture, —
reprit Aimée en marchant vers la rue Royale pour
gagner le boulevard, — nous saurons vite ce qu'il
y a là dedans.

A la place de la Madeleine stationnaient deux ou
trois fiacres.

La policière monta dans l'un de ces fiacres avec
les deux hommes et donna au cocher l'adresse
de la rue Meslay.

En vingt minutes on fut arrivé.

Madame Rosier ouvrit à l'aide de son passe-partout la porte de la maison qui nous est connue et
monta, toujours suivie des agents subalternes,
dans l'appartement que la police mettait à sa disposition.

Aussitôt la porte fermée elle alluma une bougie.

Elle ne disait pas un mot.

Sylvain et Galoubet, aussi anxieux, aussi fiévreux qu'elle, suivaient du regard ses mouvements.

Aimée Joubert prit sur son bureau une lampe à esprit-de-vin surmontée d'une bouilloire ronde n'ayant d'autre ouverture qu'un mince tube de cuivre dont l'orifice mesurait un demi-centimètre de diamètre environ, et qui se fermait par une petite plaque de même métal.

Elle souleva cette plaque, prit une carafe et fit adroitement couler dans le tube un filet d'eau.

Quand elle sentit à la pesanteur que la bouilloire était aux trois quarts pleine, elle la plaça sur le trépied de la lampe qu'elle alluma, après avoir laissé tomber la petite plaque.

La flamme bleuâtre lécha les flancs du récipient.

Bientôt on entendit un frisson intérieur, suivi d'un *glou-glou* annonçant que l'eau entrait en ébullition.

En effet, au bout de quelques secondes, la plaquette cédant à l'action de la force motrice se souleva et un jet de vapeur s'échappa du tube.

Pendant ce temps la policière avait déchiffré la suscription de la lettre.

Cette suscription, nos lecteurs s'en souviennent, était ainsi conçue :

« LONDRES

» *Regent-Street.* — *Bureau restant.*

» *Monsieur* X. Y. Z. 21.

» ANGLETERRE. »

— Des précautions ! ! — murmura madame Morin, — je flaire un secret ! — Si Galoubet ne s'est pas trompé, ce sera la perte du misérable...

Présentant alors l'envers de l'enveloppe à l'extrémité du tube de cuivre, elle laissa le jet de vapeur humecter et amollir la gomme.

Certaine qu'elle pouvait agir, elle posa la lettre sur la table et glissa la lame flexible d'un couteau à papier entre les deux parties de l'enveloppe qui se disjoignirent aussitôt.

Galoubet, très attentif et très intéressé, ne put retenir cette exclamation :

— Ça y est !...

Madame Rosier tira vivement la lettre de l'enveloppe, la déplia et regarda la signature.

Elle lut avec étonnement : P. MARTIN.

— Nous serions-nous trompés... — fit-elle tout à coup.

— Non... non... — répliqua Galoubet, — c'est bien celle-là... j'en réponds...

La policière cependant dévorait la lettre que nous avons reproduite *in extenso*, tandis que Verdier l'écrivait dans le petit hôtel de la rue de Suresnes.

— Eh bien, vous vous êtes trompé parfaitement, malgré votre assurance!! — reprit-elle avec mauvaise humeur en s'adressant à Galoubet. — Ceci est la lettre d'un bon bourgeois... — Elle ne signifie absolument rien.

— Ça n'est pas possible, puisque l'homme était le faux curé!! — répondit Galoubet en se levant et en venant jeter un regard sur l'épître.

Madame Rosier relisait la missive pour la seconde fois.

Elle poussa soudain un cri.

— Qu'y a-t-il? — demandèrent les deux hommes étonnés.

— Il y a que cette lettre est à grille...

Et la policière ouvrit vivement un tiroir de son bureau.

— A grille? — répétèrent Galoubet et Sylvain

Cornu, pour qui ces mots n'offraient aucun sens ; —
qu'est-ce que c'est que ça?

— Vous allez voir, — dit Aimée Joubert en prenant un papier ployé, — vous allez voir, et vous
comprendrez...

Elle déplia la *grille* trouvée dans la poche du gilet de l'homme assassiné rue Montorgueil et déposé à la Morgue, puis elle l'appliqua bien exactement sur la première page de la lettre.

Alors apparurent les mots tracés d'abord par le
faux abbé Méryss et donnait le véritable sens, celui-ci :

*Tout va bien ici comme je te l'ai écrit. — Dans les
premiers jours de juin tout sera fini. — Nous aurons
les extraits de mort en notre possession. — Écris-moi
si nous devons partir te rejoindre après l'affaire faite
et laisser notre jeune homme à Paris se charger de faire
relever les extraits. Il viendrait nous retrouver à
Londres.*

La page finissait sur ces mots.

Aimée Joubert la retourna, appuya la grille sur
le verso et continua sa lecture :

« *L'espionne nous harcèle sans cesse. — Nous*

sommes traqués et il serait prudent de nous esquiver le plus vite possible. J'attends une réponse mercredi. J'irai la prendre au bureau de la rue d'Enghien, toujours sous le couvert 1. J. K. 50. »

Madame Rosier se leva, rayonnante, les yeux étincelants.

— Enfin ! — s'écria-t-elle. — Les voilà donc à notre merci!... — Vous avez beau vous cacher dans les ténèbres, misérables, et vous y croire en sûreté, mercredi prochain je vous tiendrai! mercredi vous serez dans mes mains!!

Elle s'interrompit pendant une ou deux secondes, puis reprit avec exaltation :

— Je savais bien, moi, qu'il y avait un complice qu'ils font agir... qu'ils poussent en avant. — C'est le jeune homme dont ils parlent... — Mais que veulent-ils dire avec leurs extraits mortuaires ? — Quel crime se cache sous ces mots si clairs et si obscurs à la fois?... Pourvu que nous puissions empêcher ce crime de s'accomplir... — Que Dieu me vienne en aide et je l'empêcherai, et je jetterai Lartigues à ses juges, et le vieux compte sera réglé !!

Galoubet et Sylvain Cornu frissonnaient en écoutant parler celle qu'ils nommaient la patronne.

Sa voix, brève et métallique, — une voix qu'ils ne lui connaissaient pas, — les glaçait d'épouvante.

Debout, les narines frémissantes, les sourcils rejoints, les yeux pleins de flammes, elle semblait l'incarnation vivante de la Justice prête à frapper.

XLII

— Eh ! eh ! patronne, — fit Galoubet triomphant
— vous voyez bien que je ne m'étais pas trompé !!

— La justesse de votre coup d'œil vous a mer-
veilleusement servi, — répondit Aimée Joubert. —
Nous avons à présent tous les atouts dans les
mains... Je considère la partie comme gagnée, et
c'est à nous trois qu'en reviendra l'honneur !... —
Pas un mot à la préfecture de ce qui s'est passé. —
Je veux que la nouvelle de l'arrestation des scélérats éclate comme un coup de foudre.

— Nous serons muets comme des carpes ! — répliqua Galoubet. — Seulement ne pensez-vous
point, patronne, qu'on pourrait surveiller le quar-

tier du faubourg Saint-Honoré... — Notre homme ne l'habite pas, mais il doit y venir souvent... C'est dans une maison du quartier qu'il a écrit cette lettre, et il l'a mise à la poste en retournant chez lui.

— Oui... — Je confierai la surveillance à Jodelet et à Martel, et je réserverai pour nous le traquenard à tendre rue d'Enghien, au bureau de poste.

Galoubet se frotta les mains.

— Ce sera du nanan ! — s'écria-t-il. — Et je ne sais pas si nous les épaterons, là-bas, quand nous leur en amènerons un de la bande.

— Discrétion, surtout !

Sylvain Cornu, qui n'avait encore rien dit, prit la parole et formula cet aphorisme :

— C'est-à-dire, patronne, qu'auprès de nous l'obélisque sera bavard ! !

— Maintenant il faut replacer la lettre dans son enveloppe... — reprit madame Rosier.

Et, après avoir écrit sur son agenda l'adresse de Londres et les initiales sous lesquelles on devait envoyer la réponse au bureau de la rue d'Enghien elle glissa la feuille repliée dans l'enveloppe jaune qu'elle referma à la gomme.

— En sortant d'ici nous mettrons cette lettre à la poste... — ajouta-t-elle. — Partons...

Tous les trois quittèrent la maison de la rue Meslay où Sylvain et Galoubet laissèrent leurs déguisements, et madame Rosier, après avoir jeté l'enveloppe jaune dans la boîte d'un marchand de tabac voisin de l'Ambigu, retourna chez elle rue de la Victoire.

Le lendemain, dans la matinée, elle devait accompagner son fils à l'hôtel de la rue de Verneuil où M. Bressolles les avaient invités à dejeuner.

Elle s'apprêta donc et Maurice vint la prendre vers dix heures.

Le comte Yvan avait attendu l'arrivée du docteur Serge Iwanow qui, sous prétexte de visiter son compatriote, ne manquait pas de venir faire chaque jour sa visite au malade, puis il s'était rendu rue Vavin, chez Gabriel Servet.

Simone, de son côté, avait fait dès le matin ses préparatifs de sortie.

A dix heures elle quitta le pensionnat pour prendre le chemin de l'atelier du jeune artiste.

Comme elle franchissait le seuil de l'institution un individu de taille moyenne, portant une barbe brune très touffue, et distribuant aux passants

les prospectus d'un tailleur en vogue, dé l'autre
côté de la rue juste en face de la porte, interrompit tout à coup sa distribution, plaça le reste de
ses prospectus dans une sorte de sacoche dont il
était muni, et suivit la jeune fille en ayant soin de
laisser entre elle et lui une distance d'une vingtaine
de pas.

Simone s'arrêta au bureau des omnibus de la
Madeleine, attendit un instant et monta dans le
véhicule faisant le trajet de la place du Havre à
Vaugirard.

L'homme à barbe brune y prit place à son tour et
s'installa presque en face de la jolie lingère.

A la station de la rue de Vaugirard Simone descendit.

Le distributeur de prospectus en fit autant.

La jeune fille parcourut à pied la rue Saint-Pla-
cide, puis la rue Notre-Dame-des-Champs, arriva
rue Vavin et entra chez Gabriel Servet.

L'homme barbu ne l'avait point perdue de vue ;
— il fit halte en face de la maison, exhiba de nouveau ses imprimés et commença sa distribution.

Le comte Yvan était depuis un quart d'heure
dans l'atelier.

L'accueil fait à Simone fut d'une cordialité tou-
chante.

— Vous avez reçu ma lettre, chère enfant? —
demanda le Russe.

— Oui, monsieur, et je m'empresse de me
rendre à votre appel... — Que puis-je faire pour
mademoiselle Marie Bressolles et pour M. Albert
de Gibray?... — Disposez de moi... — Je suis
prête... — Que m'ordonnez-vous?...

— Laissez-nous vous remercier d'abord de votre
dévouement à une bonne cause, — dit le peintre,
— mon ami le comte Yvan vous expliquera ensuite ce qu'il attend de vous...

— Ne me remerciez point de ce que je fais, ou de
ce que je veux faire... — répliqua Simone en rou-
gissant. — Si vous me donnez le moyen de payer
ma dette de reconnaissance c'est moi qui serai
votre obligée... — Maintenant je vous écoute... —
M. Albert de Gibray et mademoiselle Marie sont-
ils donc encore menacés?...

— Ils le sont... Mais le péril a changé de nature...

— Comment cela?

— Mademoiselle Bressolles va mieux, paraît-il,
et Albert de Gibray, en pleine convalescence, sera
debout dans huit jours...

— Quel bonheur ! — s'écria Simone.

— Ne vous réjouissez pas trop vite... — Le dan-
er existe toujours, mais sous une autre forme, je
 répète... — On en veut à l'amour, au bonheur
es deux pauvres enfants qui s'aiment... — On
occupe en ce moment de briser leur avenir...

— Vous voulez parler du mariage de mademoi-
elle Marie ? — fit vivement Simone.

— Vous savez donc qu'un mariage est projeté !
– s'écria le comte Yvan très surpris.

— Oui... je le sais depuis hier...

— Par quel hasard l'avez-vous appris ?

— De la façon du monde la plus simple... —
ladame Dubief a reçu une lettre de M. Bres-
olles qui lui annonce le prochain mariage de sa
lle... — Elle m'a fait part de cette nouvelle en
joutant que mademoiselle Marie désirait me
oir...

— Avez-vous eu la pensée que la jeune fille
onsentait sans répugnance à ce mariage ?...

— Non certes !

— Qu'avez-vous donc supposé ?...

— Qu'on fait violence à mademoiselle Bressolles
u qu'elle se sacrifie pour éviter à son père une
louleur... — C'est à cette dernière supposition

que je m'arrête avec la presque certitude de ne pas me tromper, car cette certitude résulte des confidences de mademoiselle Marie à la suite desquelles je vous ai apporté une lettre pour M. de Gibray...

— En effet, mon enfant, vous ne vous trompez pas, et c'est à cette lettre que nous allons répondre aujourd'hui, car nous savons que votre chère protectrice se sacrifie héroïquement...

— Vous désirez que je lui porte cette réponse, n'est-ce pas ?

— Oui, et que vous sachiez par elle où en sont les projets dont on parle et si le jour, ou tout au moins l'époque du mariage, est fixé... — Nous avons besoin de connaître cela, et nous ne pouvons le connaître que par vous...

— Vous voulez le bonheur de mademoiselle Marie, n'est-ce pas ?

— Nous voulons l'arracher à une existence pire que la mort.

— Apprenez-moi donc alors ce que je dois lui dire...

— Qu'Albert de Gibray lui ordonne de vivre et de se conserver pour lui qui est sauvé, qui vivra, qui l'aime, et dont elle deviendra la femme...

— Ce n'est point un vain espoir que je ferai naître dans son âme ?

— Non, je vous le jure !

— Mais dans ce cas ne serait-il pas plus convenable d'avertir M. Bressolles lui-même... — Je sais qu'il pensait à unir mademoiselle Marie et M. Albert de Gibray avant la maladie qui, frappant celui-ci, a rendu le mariage impossible...

— Nous ne pouvons aller trouver M. Bressolles sans savoir quelles sont les causes impérieuses du mariage hâtif dont on s'occupe en ce moment... — donc c'est à la jeune fille qu'il faut parler d'abord...

— Lui apprendre que M. Albert est sauvé et qu'il lui commande de se garder à son amour, c'est la forcer à se mettre en lutte ouverte contre sa famille... — répliqua Simone

— Il faut au contraire qu'elle paraisse soumise aux volontés qu'on lui impose... — Il faut qu'en apparence elle accepte tout... — Elle n'a rien à craindre, puisqu'au dernier moment le sacrifice ne s'accomplira pas, puisqu'Albert de Gibray seul sera son mari... — Voilà ce qu'il faut lui dire...

— Écrivez-le-lui, monsieur... — répliqua Simone. — Elle vous croira, vous, tandis que si je parle elle pourra supposer que je cherche par un mensonge à adoucir ses peines.

— Vous avez raison, mon enfant... Je vais écrire...

Le comte Yvan s'assit devant un bureau et traça ces quelques lignes :

« Mademoiselle,

» Albert est sauvé. — Il vivra...

» Il vous ordonne de vivre pour l'aimer et pour devenir bientôt sa femme.

» Nous avons besoin, nous ses amis et les vôtres, de savoir quel est le puissant motif du sacrifice qu'on vous impose et que vous acceptez...

» N'ayez aucune crainte ; — on veille sur vous ; — on a fait le serment d'assurer votre bonheur, mais on vous recommande au nom d'Albert de ne rien changer en ce moment à votre attitude, à vos façons d'agir, et de ne témoigner aucune répugnance pour le mariage qu'on vous impose.

» Plus vous semblerez avoir hâte de conclure ce mariage, plus s'approchera l'époque où vous serez heureuse.

» Ayez la foi, mademoiselle, ayez le courage et

l'espérance, et ne doutez point de moi, le meilleur
ami d'Albert et votre absolument dévoué,

» Comte Yvan Smoiloff. »

— Vous porterez cette lettre à mademoiselle
Bressolles, chère enfant, — dit le jeune Russe
quand il eut achevé, — et vous viendrez nous répéter ce soir, ici, n'est-ce pas, les confidences
qu'elle vous aura faites ?

XLIII

Simone prit la lettre et répondit :

— Ce soir, je viendrai ici, monsieur le comte, et je me rends à l'instant à l'hôtel de la rue de Verneuil.

— Nous descendrons ensemble, fit le jeune Russe.

Et après avoir dit au revoir à Gabriel Servet, il quitta l'atelier avec Simone.

Celle-ci tenait à la main la lettre écrite par Yvan.

En arrivant sur le trottoir de la rue Vavin elle la glissa dans la poche de sa robe, mais pas assez vite pour que le distributeur de prospectus, qui stationnait en face, n'ait eu le temps de l'apercevoir.

A la vue du comte cet homme tressaillit, et malgré lui baissa la tête.

Yvan serra la main de Simone et se dirigea vers le Luxembourg, tandis que la jeune fille gagnait la rue Notre-Dame-des-Champs.

L'homme barbu, renouvelant son manège de la rue de la Ville-l'Évêque, interrompit aussitôt sa distribution d'imprimés et prit chasse.

Tout en jetant du côté par où s'éloignait le comte un regard chargé de menace, il murmurait :

— On vous retrouvera, vous, soyez tranquille ! ! et vous ne perdrez rien pour avoir attendu !...

Il était près de deux heures lorsque la lingère arriva rue de Verneuil à la porte de l'hôtel Bressolles.

Elle en franchit le seuil.

L'homme qui la suivait s'installa de l'autre côté de la rue et recommença sa distribution.

Simone, en entrant dans l'hôtel, sentait un petit frisson courir sur sa chair.

Elle avait peur...

Peur de quoi ?...

Il lui aurait été impossible de l'expliquer, ne se rendant pas compte de façon bien nette du senti-

6.

ment qu'elle éprouvait, sentiment complexe d'ailleurs et difficile à définir.

La jeune lingère craignait de ne pouvoir se trouver un instant seule avec Marie, pour lui donner la lettre dont elle s'était chargée et lui apprendre que des amis dévoués se préoccupaient de son bonheur.

Dans ce cas, comment apporterait-elle au comte Yvan les détails qu'il désirait avoir relativement au prochain mariage de mademoiselle Bressolles?

Et si ces détails manquaient au comte, comment pourrait-il agir?

Madame Rosier, — nos lecteurs le savent, — déjeunait avec Maurice à l'hôtel de l'ex-architecte.

On en était au dessert.

Le valet de chambre entra et dit :

— Il y a là une jeune dame qui demande à voir mademoiselle.

— Simone, sans doute... — fit Marie avec joie.

— Oui, mademoiselle, c'est bien le nom que cette jeune dame m'a prié d'annoncer.

Maurice avait quelque peine à cacher son émotion, ou plutôt son épouvante.

Simone venait rue de Verneuil, envoyée sans doute par le comte Yvan pour parler à Marie...

C'était grave.

— Eh! bien, — dit M. Bressolles, — priez mademoiselle Simone d'attendre un instant... — Ma fille ira la rejoindre dans quelques minutes...

Ceci ne faisait point l'affaire de Maurice.

A tout prix il fallait éviter de laisser Simone en tête-à-tête avec la fille de Valentine.

— Pourquoi priver mademoiselle Marie du plaisir de voir tout de suite une personne qui l'intéresse?... — dit-il vivement. — Ma mère serait désolée, cher monsieur Bressolles, si sa présence vous empêchait de donner l'ordre d'amener ici sur-le-champ mademoiselle Simone...

— C'est une excellente idée, monsieur Maurice!... — s'écria Marie. — Simone m'inspire non seulement le plus grand intérêt, mais la plus vive affection... — Elle mérite l'un et l'autre, et je serai heureuse si mon père veut bien la faire introduire et l'inviter à prendre le café avec nous...

— Faites entrer... — dit M. Bressolles.

Quant le valet de chambre fut sorti, il ajouta :

— C'est sur ma demande adressée à madame Dubief que cette brave enfant vient nous voir aujourd'hui... — Je serais heureux que Marie, en se mariant, la prenne auprès d'elle...

— Moi aussi, j'en serais heureuse... bien heureuse, — répondit Marie, — et je remercie mon père d'avoir eu cette pensée.

Maurice fronça les sourcils.

Simone entra, conduite par le valet de chambre.

En se voyant dans la salle à manger où se trouvaient des figures inconnues, la jeune lingère fut dans le premier moment tout interdite.

Marie quitta sa place, fit quelques pas au-devant d'elle, l'embrassa très affectueusement et lui dit :

— Ah! ma chère Simone, que je suis contente de votre visite!! — Venez vite vous asseoir entre mon père et moi... — Nous avons beaucoup à causer avec vous...

Ces bonnes paroles diminuèrent un peu le malaise de Simone.

Elle salua les personnes qui se trouvaient à table et s'approcha de M. Bressolles qui lui serra la main et la fit asseoir à côté de lui.

Valentine regarda Maurice, dont les yeux ne pouvaient se détacher du visage de Simone...

Madame Rosier, de son côté, examinait la jeune fille et se sentait charmée par la beauté de son visage et par l'expression douce et modeste de sa physionomie.

— Je suis enchanté que vous vous soyez rendue sans retard à mon appel, ma chère enfant, — commença l'ex-architecte, — j'ai à vous adresser une proposition qui vous sera, je l'espère, agréable...

— Ce que vous me proposerez, monsieur, est accepté d'avance... — répliqua Simone. — Vous ne pouvez avoir pour but que mon intérêt, je le sais...

— Vous avez bien raison de n'en pas douter...

— De quoi s'agit-il, monsieur?...

— Rien ne m'empêche de vous l'apprendre immédiatement, puisque nous sommes en famille... — Madame Dubief vous a-t-elle dit que ma fille allait se marier?...

Simone tourna ses regards vers Marie qui pâlit légèrement et dont les yeux se remplirent de larmes.

Elle sentit son cœur se serrer et balbutia :

— Madame Dubief me l'a dit, monsieur, en m'annonçant que vous désiriez me voir...

— Oui, — fit Marie Bressolles d'une voix qu'elle essayait vainement d'affermir et qui résonna comme un glas funèbre aux oreilles de Simone, — dans huit jours je m'appellerai madame Vasseur... et voilà mon futur.

En même temps, de la main elle désignait Maurice qui s'inclina en souriant.

— Dans huit jours!! — répéta Simone atterrée.

— Mon Dieu, oui... — Dans la soirée de jeudi prochain nous signerons notre contrat de mariage, et le jeudi suivant nous irons à la mairie...

Simone jeta sur Maurice un regard furtif.

Le fils d'Aimée Joubert était très beau, nous le savons, et pourtant son visage, malgré l'irréprochable régularité des traits, déplut souverainement à la jeune fille.

L'ex-architecte reprit :

— J'en arrive à la proposition que je veux vous adresser... — Marie vous aime de tout son cœur et vous éprouvez pour elle un sincère attachement... c'est bien vrai, cela, n'est-ce pas?

— Ah! certes oui, monsieur, c'est vrai!

— Il vous serait donc agréable à toutes deux d'être rapprochées l'une de l'autre...

— Rien ne me serait plus agréable, à moi. — Mais est-ce possible?

— Possible et facile...

— Comment cela?...

— Marie va bientôt avoir besoin d'une personne intelligente, active, dévouée, pour la suppléer dans mille détails et prendre, avec le titre de femme de confiance, la direction de son intérieur... — C'est cette position que je vous offre, et je suis certain d'avance que mon gendre futur m'approuvera...

— Je vous approuverai plutôt deux fois qu'une ! — répliqua Maurice. — Il suffit de voir mademoiselle pour comprendre que vous avez fait un bon choix !...

— Eh! bien, Simone? — demanda M. Bressolles. — Pourquoi vous taisez-vous? On croirait presque que vous hésitez...

— Oh! non, je n'hésite pas... — Votre proposition me comble de joie et de reconnaissance... — Rien au monde ne saurait me rendre plus heuseuse... mais...

Elle s'interrompit.

— Il y a donc un *mais*... — s'écria l'ex-architecte.

— Jugez-en, monsieur... — Puis-je, sans ingratitude, quitter madame Dubief qui m'a reçue chez elle avec tant de bienveillante et qui se montre chaque jour pour moi si affectueuse et si bonne...

— Ne vous préoccupez point de cela, ma chère Simone, quoiqu'un tel scrupule soit tout à votre

éloge... — J'ai déjà écrit à ce sujet à madame Dubief...

— Ah !

— Elle consentira par sympathie pour Marie à
vous rendre votre liberté... — Vous causerez avec
elle de mes intentions et, tout en vous regrettant,
elle vous dira : *Partez !* — Vous traiterez cette
question le plus tôt possible, car je suis certain
que Marie sera impatiente de vous avoir vite auprès d'elle...

— Ce soir même, si cela se pouvait... — appuya Marie Bressolles...

— Je le voudrais aussi, mademoiselle, mais cela
ne se peut pas...

— Pourquoi donc ?

— Il faut que madame Dubief ait le temps de
me trouver une remplaçante...

— C'est juste, — dit l'ex-architecte, — seulement
d'ici à jeudi elle aura cherché et réussi dans ses
recherches...

— Je l'espère, monsieur...

Maurice ne sourcillait point et semblait se désin-
téresser de l'entretien.

Ce calme, tout de surface, ne l'empêchait pas de
se sentir très préoccupé, très inquiet...

XLIV

La préoccupation, l'inquiétude, du fils d'Aimée Joubert avaient certes de sérieux motifs.

Simone dans la maison de Ludovic Bressolles c'était le renversement de tous les plans conçus; — c'était de plus pour Valentine un danger permanent.

Qui sait si Paul de Gibray, guidé par un hasard quelconque, ne devinerait pas sa fille en la voyant auprès de la mère dont le visage ressemblait vaguement à celui de Simone?...

Peut-être suffirait-il d'un choc pour que la lumière jaillît, et tout serait perdu...

Marie, approchant sa bouche de l'oreille de Simone, lui dit deux ou trois mots à voix basse.

Maurice s'en émut.

Comment empêcher un échange de confidences?
— Confidences dangereuses car il ne doutait point
que la jeune fille eût été chargée par le comte Yvan
de communications particulières.

— Deux heures et demie !... — fit-il tout à coup
en regardant sa montre. — Souvenez-vous, mademoiselle, que nous devons prendre le train pour
Maisons-Laffitte avec madame votre mère à trois
heures et demie.

— C'est vrai... — dit Marie, — je l'oubliais...
Simone se leva.

Depuis un instant elle avait glissé sa main droite
dans la poche de sa robe et ses doigts effilés rou-
laient lentement la lettre d'Yvan Smoïloff.

Elle voyait bien qu'elle ne pourrait se trouver
seule avec mademoiselle Bressolles ; cependant il
fallait qu'elle lui remît cette lettre, car — (et ceci
pour elle était manifeste) — la pauvre enfant se ré-
signait à un mariage odieux.

— Ainsi, ma chère Simone, — lui dit Marie, —
vous ferez tout ce qui dépendra de vous pour venir
vous installer auprès de moi dans les premiers
jours de la semaine ?...

— Oui, mademoiselle... — J'espère être là pour assister à votre bonheur...

— Mon bonheur... — répéta Marie avec un sourire plein d'amertume. — Mon bonheur, oui...

En même temps elle prenait la main que lui tendait sa protégée, et en serrant cette main elle sentit entre les doigts de Simone le papier roulé.

Elle tressaillit violemment et saisit ce papier.

Simone tournait le dos à la table.

Le mouvement qui venait d'avoir lieu passa tout à fait inaperçu.

Marie mit sans affectation dans sa poche la lettre roulée, puis reconduisit sa protégée jusqu'au seuil de la salle à manger.

Là, en embrassant Simone elle lui dit tout bas :

— Est-ce une bonne nouvelle que vous m'apportez ?

— Oui, mademoiselle... — répliqua de même la lingère. — Il s'agit de M. Albert...

Puis elle sortit.

Maurice avait suivi des yeux les deux jeunes filles.

Il vit Marie pâlir, chanceler, et sans transition devenir pourpre.

Il comprit qu'un échange de mots à voix basse

venait d'avoir lieu et il crispa ses poings avec rage.

Marie, déjà remise de la violente émotion qu'elle avait éprouvée, revint à la table.

— Ma mère, — dit-elle, — je vais m'apprêter vite... — Je serai à vous dans cinq minutes...

Et elle monta dans sa chambre.

Là elle s'empressa de pousser un verrou afin ·d'éviter une surprise possible, déroula vivement la lettre remise par Simone, déchira l'enveloppe et lut.

A peine avait-elle déchiffré les premières lignes que des larmes, — larmes de joie cette fois, — jaillirent de ses yeux.

Elle se laissa tomber à genoux, joignit les mains et remercia Dieu.

Après cet élan de gratitude elle reprit la lettre, elle en acheva la lecture, elle en comprit le sens, la portée, et se releva le visage rayonnant, l'âme pleine d'ivresse.

— Il est vivant!... — murmura-t-elle. — Vivant et bientôt guéri!... Eh! bien, moi aussi je veux vivre... Je veux guérir... Je veux être heureuse!...
— Je ferai ce que me demande le comte Yvan, cet ami inconnu qui est l'ami d'Albert... J'ai confiance...

Elle alluma une bougie, réduisit la lettre en cendres et se hâta de mettre la dernière main à sa toilette de sortie, bien résolue à jouer jusqu'au jour de la délivrance le rôle qu'on lui imposait au nom d'Albert.

Elle ne se demandait point quels moyens seraient employés pour amener cette délivrance.

Elle ne s'en inquiétait pas et se contentait de se répéter :

— J'ai confiance...

Dans le salon où l'on venait de se rendre en quittant la salle à manger, madame Rosier causait avec M. Bressolles.

La pauvre mère se sentait doublement heureuse de voir ce qu'elle croyait être le bonheur de son fils, et d'entendre l'ex-architecte parler avec éloges de cet enfant qu'elle adorait.

Il avait suffi à Maurice d'un clignement d'yeux pour faire comprendre à Valentine qu'il voulait lui parler.

Elle sortit la première du salon.

Au bout de deux ou trois secondes le jeune homme alla la rejoindre dans la serre où ils avaient la certitude de ne point être dérangés.

Leur entretien d'ailleurs devait être court.

— Vous avez quelque chose à me dire ?... — demanda Valentine.

— Oui.

— Quelque chose d'important ?...

— De plus qu'important... de grave...

— Vous me faites peur !... — Expliquez-vous vite.

— Il faut qu'à partir d'aujourd'hui cette protégée de Marie, cette Simone, ne remette plus les pieds dans votre maison... — Il faut qu'ici ou ailleurs elle ne revoie plus votre fille...

— Pourquoi ? — fit Valentine stupéfaite.

— Parce que Simone est l'émissaire du comte Yvan, l'ami d'Albert de Gibray, et que je crains un complot dirigé contre moi...

— Simone, l'émissaire du comte Yvan et d'Albert de Gibray !! — s'écria madame Bressolles avec épouvante.

— Oui.

— Mais est-ce certain ?...

— C'est certain, j'en ai la preuve... et ce n'est pas tout...

— Mon Dieu ! qu'y a-t-il encore ?...

— A un moment donné une catastrophe pourrait résulter de la présence de Simone dans cette

maison... Cette présence serait pour vous un danger permanent...

La stupeur et l'effroi de Valentine redoublèrent.

— Un danger permanent... — balbutia-t-elle.

— Oui.

— Lequel ?

— Savez-vous ce qu'est Simone ?...

— Une enfant abandonnée... une orpheline...
une bâtarde... Que m'importe cela ? — Pourquoi
m'adressez-vous cette question ?

— Parce que Simone est l'enfant de Paul de
Gibray et de celle qui s'appelait alors Valentine
Dharville... — Comprenez-vous, maintenant ?

Madame Bressolles devint livide.

— Ma fille ! — dit-elle d'une voix étranglée. —
C'est ma fille ! !

— C'est votre fille, oui... et de cela aussi j'ai la
preuve...

— Voilà donc pourquoi, sans la connaître, sans
rien savoir, sa vue seule m'inspirait une terreur
instinctive.

— Oui, et voilà pourquoi il ne faut pas qu'elle
remette les pieds dans cette maison. Une circonstance impossible à prévoir, et par conséquent impossible à éviter, peut lui faire soulever le voile

qui cache le passé... Elle parlerait alors et vous seriez perdue sans ressources.

— Vous avez raison !... cent fois raison !... — Mais puisqu'elle est l'émissaire du comte Yvan et d'Albert de Gibray, ils savent qu'elle est...

— Ils ne savent rien... — interrompit Maurice, — Le hasard seul les a réunis dans une pensée commune... — Personnellement Simone ne serait point à craindre, car elle ignore le nom de sa mère, mais des questions peuvent lui être adressées, et d'après ses réponses Paul de Gibray, passé maître en son métier de juge d'instruction, pourrait percer à jour le mystère de sa naissance et reconstituer le passé...

Madame Bressolles était atterrée.

— Ah ! — murmurat-elle d'une voix à peine distincte ; — c'est la fatalité qui l'a mise aux mains de nos ennemis et l'a conduite si près de nous!! — Et quand je pense que Marie s'est faite sa protectrice... son amie ! !

— Quoi de plus naturel ? — répliqua Maurice avec un ricanement sinistre. — C'est sa sœur... — La voix du sang parle...

— Mais cette enfant maudite, née pour ma honte et pour mon malheur, comment l'empêcher de revenir? — Comment lui fermer cette maison ?...

— Je n'en sais rien, et d'ailleurs je ne suis point le maître chez votre mari... — C'est à vous de trouver et d'agir! — Souvenez-vous seulement que tout peut crouler si vous n'éloignez point Simone !... Que Simone revienne ici, et mon mariage ne se fera pas, et alors ce sera moi qui devrai quitter cet hôtel pour n'y rentrer jamais.

— Mais, encore une fois, comment faire ?...

— Cherchez...

— Si je donnais l'ordre au concierge de lui refuser l'entrée ?

— Mauvais moyen !... — M. Bressolles et votre fille, étonnés de ne pas revoir Simone, s'informeraient... — Ils seraient mis au fait de la consigne donnée par vous, et je vous mettrais au défi de la justifier à leurs yeux.

— Si je m'adressais à madame Dubief?

— Que lui diriez-vous? — Il ne dépend pas d'elle, d'ailleurs, d'empêcher Simone de revenir...

Valentine frappa du pied avec rage et s'écria :

— Si tous les moyens que je propose sont impraticables, que faire? — Le problème à résoudre vous intéresse aussi, ce me semble... — Moi, je ne trouve rien... Cherchez à votre tour !...

7.

— Silence! — fit vivement Maurice.

— Qu'y a-t-il donc?

— On marche dans le salon voisin... On vient ici sans doute...

XLV

Maurice ne se trompait pas.

Il avait bien en effet entendu marcher.

C'était Marie qui les cherchait.

— Ma mère, — dit-elle, — je suis prête. — Monsieur Maurice, on nous attend...

Nos trois personnages rejoignirent au salon Ludovic Bressolles et madame Rosier, et un instant après quittèrent l'hôtel pour se rendre au chemin de fer de la rue Saint-Lazare.

Ils allaient, nous le savons, à Maisons-Laffitte, où ils devaient dîner chez le parrain de Marie et le prier d'assister à la prochaine signature du contrat de mariage de sa filleule.

Maurice, malgré son grand empire sur lui-même, était moins gai que de coutume.

Il songeait à Simone, arrivant comme un obstacle imprévu au milieu des combinaisons les plus savantes, et compromettant la réussite des plans les mieux ourdis...

Il se disait avec amertume que si l'abbé Méyriss avait mis moins de lenteur dans ses travaux chimiques, la jeune fille en ce moment ne serait plus à craindre...

Il se demandait comment faire pour la maintenir quelques jours encore au pensionnat de madame Dubief, et surtout pour empêcher son installation à l'hôtel Bressolles.

Naturellement ces questions, auxquelles il ne pouvait répondre, lui causaient une préoccupation très grande et le poussaient à la mélancolie.

Simone, en quittant la rue de Verneuil, avait repris le chemin de la rue Vavin.

Le distributeur d'imprimés que nous avons vu se placer en face de l'hôtel était toujours là, glissant ses prospectus dans la main des passants.

En voyant sortir la jeune fille il replaça son paquet dans sa sacoche, et pour la troisième fois il reprit chasse.

Quand Simone entra chez Gabriel Servet, il s'installa de l'autre côté de la rue et de nouveau exhiba ses petits papiers.

Au bout d'une demi-heure arriva le comte Yvan.

Il venait chercher la réponse que la jeune lingère avait promis d'apporter.

— M. le comte a voulu jouer au fin avec nous !... — pensa l'homme barbu. — Il a voulu nous faire croire qu'il quittait Paris. — Ça n'empêche pas qu'avant ce soir nous saurons où il perche...

Simone venait de raconter à Gabriel Servet ce qu'elle avait appris rue de Verneuil.

Elle recommença son récit pour le Russe et lui expliqua comment elle s'y était prise pour faire tenir sa lettre à Marie.

—- Vous avez agi avec beaucoup de présence d'esprit et d'habileté, chère enfant... — dit le comte. — De cette façon Marie Bressolles sera prévenue... elle connaîtra ce qu'on lui cache sans doute... — c'est le principal... — Quand la signature du contrat doit-elle avoir lieu ?...

— Jeudi prochain... dans la soirée...

— Vous avez bien lu sur le visage de votre chère protectrice la douleur que lui cause ce mariage ?...

— Oui, monsieur... — j'ai la conviction absolue qu'elle se sacrifie...

— L'assurance du salut d'Albert lui donnera de la force pour la lutte...

— Je crois comme vous, monsieur, que le courage lui reviendra...

— Que comptez-vous faire au sujet de la demande qui vous a été adressée d'entrer comme femme de confiance à l'hôtel Bressolles?...

— J'attendrai que ce que vous allez tenter ait réussi... — Je crois que ma présence à l'hôtel en ce moment serait plutôt nuisible qu'utile, en cela qu'elle pousserait peut-être mademoiselle Marie à quelque imprudence... — Je m'abstiendrai même d'aller la voir ces jours-ci...

— Je ne saurais trop vous féliciter de votre prudence et de votre sagesse. — Attendez les événements...

Malheureusement la prudence et la sagesse admirées par le comte avaient un côté funeste inaperçu de lui.

Elles allaient donner à Maurice le temps d'agir...

Simone causa quelques minutes encore avec l'artiste et avec le Russe, puis elle les quitta pour regagner la rue de la Ville-l'Évêque.

Le distributeur d'imprimés savait où elle allait.

Il la laissa passer sans se déranger cette fois.

— Elle a rendu compte de sa mission, — se dit-il, — et elle rentre... — Nous la pincerons quand bon nous semblera... — Attendons l'autre...

En conséquence il continua sa distribution aux passants peu nombreux de la rue Vavin.

Un observateur n'aurait pas manqué de faire cette réflexion :

· — Voilà un gaillard qui choisit bien mal les endroits où il répand ses petits papiers !

Une heure s'écoula.

L'homme barbu commençait à trouver le temps singulièrement long.

Enfin le comte Yvan parut.

Aussitôt les prospectus rentrèrent dans la sacoche et l'espion se mit en marche derrière lui.

Le Russe prit la direction de la rue de Rennes, très voisine de la rue Vavin.

Il retournait chez Paul de Gibray.

Le distributeur de prospectus le vit entrer dans la maison du juge d'instruction.

Le concierge qui se trouvait sur le seuil le salua au passage.

— A merveille! — pensa l'espion. — Le portier
l'a salué, donc il le connaît... — Par ce *pipelet* je
vais savoir si le comte Yvan habite la maison, ou
s'il vient simplement y voir quelqu'un...

En même temps, un paquet de prospectus à la
main, il s'approcha de la porte, et détachant de
sa liasse un imprimé il le tendit au concierge en
lui disant :

— Prenez-moi ça, mon brave, et lisez! — C'est
le prodige du dix-neuvième siècle ! — Pour vingt-
neuf francs dix centimes un costume complet, en
vrai drap, coupe des grands tailleurs, indéchirable
et indécousable ! on n'en voit pas la fin... — C'est
un cadeau que la maison des Cent mille paletots
fait au public...

Le concierge prit le prospectus et se mit à rire.

— Ah! ah! — fit-il en riant. — Il est bon, le bo-
niment! — On les connaît vos costumes complets
à vingt-neuf francs dix centimes, indécousables et
indéchirables! — De la jolie camelotte !

— Dame! — répliqua le distributeur en riant
aussi, — on en a pour son argent. Ce n'est pas auss
cossu que la *pelure* du jeune homme qui vient d'entrer chez vous et que vous avez salué en passant...
— Joliment ficelé, le particulier ! Mais je vous parie

un déjeuner que ses frusques coûtent un peu plus de vingt-neuf francs dix centimes...

— Ah! le Russe... — dit le concierge. — Oui, il en a pour pas mal d'argent sur le dos, — il a le moyen de se payer ça...

— Un de vos locataires, bien sûr?...

— Non... — il habite ici, mais en passant, chez le propriétaire, M. de Gibray, et ce n'est pas lui qui vous donnera sa pratique... il se fait habiller chez les tailleurs du grand genre...

— Je regrette quand même de ne lui avoir point glissé un prospectus en douceur, une réclame bien comprise produit souvent son petit effet... — Tenez, mon brave, en voilà pour tous vos locataires...

— Grand merci !...

Le concierge, appelé par sa femme, regagna la loge, et le distributeur d'imprimés s'éloigna en se disant :

— Le comte demeure chez M. de Gibray... — C'est de là que partent les complots contre Maurice... — Bon à savoir... — On avisera...

Tout en monologuant, l'homme descendait la rue de Rennes.

Un fiacre passait à vide.

Il y monta.

— A la course ou à l'heure ?... — demanda le cocher.

— A la course.

— Où faut-il vous conduire ?

— A la gare Saint-Lazare.

— Faudra-t-il entrer dans la cour ?

—. Non ; vous m'arrêterez au coin de la rue d'Amsterdam.

— Suffit.

A l'endroit indiqué le distributeur quitta la voiture, gravit pédestrement la rue d'Amsterdam, entra chez un marchand de vin et alla droit à un cabinet fermé où se trouvaient attablés deux hommes jouant au piquet.

A côté d'eux se voyait un nombre respectable de bouteilles vides, prouvant de façon indiscutable qu'ils fêtaient le *jus de la treille*, — (comme on dit au Caveau), — tout en courtisant la dame de pique.

— Ah ! ah ! — dit l'un des deux hommes, — vous voilà de retour !...

— Oui...

— Vous avez gagné votre pari ?

— Parfaitement. — Je viens donc vous rapporter

votre sacoche, vos prospectus, votre casquette et votre médaille...

— Et les quarante francs que vous m'avez promis ?

— Les voici...

En même temps, Lartigues, — que nos lecteurs ont déjà deviné, — posait deux pièces d'or sur la table.

L'homme empocha les quarante francs.

Lartigues tira de dessous son gilet un chapeau claque auquel il rendit sa forme.

Il le mit sur sa tête et sortit.

Dix minutes plus tard il rentrait au petit hôtel de la rue de Suresnes où Verdier, occupé rue Béranger, ne devait venir le rejoindre que le soir.

* *

Madame Rosier, nous l'avons dit, ne voulait point communiquer à la préfecture la découverte faite par elle de la lettre adressée à Londres.

Elle avait pour cela plusieurs raisons.

D'abord elle craignait une indiscrétion de la police, ou plutôt des journaux renseignés par quelque policier inconsidéré.

Elle redoutait un déploiement d'agents qui pût éveiller les soupçons des intéressés.

Enfin et surtout elle tenait à opérer, avec la seule collaboration de Galoubet et de Sylvain Cornu, l'importante capture devant avoir lieu au bureau de poste de la rue d'Enghien.

XLVI

Madame Rosier, ayant pris les résolutions que nous venons de mettre sous les yeux de nos lecteurs, n'avait pas cru devoir aller le dimanche à la préfecture de police.

Le lundi matin il n'en fut point de même.

Elle s'y rendit, à l'heure du rapport, avec Galoubet et Sylvain Cornu.

La première question du chef de la sûreté fut celle-ci :

— Avez-vous du nouveau?...

— Oui, monsieur...

— Qu'avez-vous appris?

— Je suis certaine que le faux abbé, qui n'est

autre que Verdier, fréquente le quartier du faubourg Saint-Honoré... — Il faut donc faire surveiller nuit et jour ce quartier par des agents...

— Vous avez rencontré Verdier ?

— Moi, non, mais Galoubet s'est trouvé encore
une fois près de lui dans un bureau de tabac de la
rue du Faubourg-Saint-Honoré.

— Pourquoi ne lui a-t-il pas mis la main au
collet ?

— Il ne l'a malheureusement reconnu que trop
tard, lorsqu'il venait de monter en voiture et se
trouvait hors d'atteinte...

— Quel costume portait Verdier ?

— L'habit ecclésiastique, toujours, mais il avait
absolument modifié sa physionomie... — Il ressemblait à un vieux curé de campagne.

— Que n'avons-nous une photographie de cet
homme ! — s'écria le chef de la sûreté.

Madame Rosier répliqua :

— Vous avez son signalement...

— Cela ne suffit pas, vous le voyez bien... — Verdier sait-il qu'il a été reconnu chez le marchand de
tabac ?

Ce fut Galoubet qui répondit :

— Non, monsieur, il ne s'en doute ni peu ni

beaucoup... — Ce n'est pas au visage que je l'ai reconnu, mais à la voix comme à Port-Créteil, au moment où il prenait une voiture...

— Dans quelle partie du quartier de l'Élysée croyez-vous qu'il se rende habituellement ?

— Je l'ignore... — dit Aimée Joubert. — Il y va, j'en suis sûre, et voilà tout...

Le chef de la sûreté hocha la tête.

— Chère madame Rosier, — fit-il ensuite, — j'ai grand'peur que ces bandits ne soient plus malins que nous...

— C'est ce qu'il faudra voir... — murmura la policière avec un singulier sourire.

— Voici trois fois que vous les avez dans la main, — poursuivit le chef, — et trois fois que vous les laissez glisser entre vos doigts d'une façon très... malheureuse...

— Vous alliez dire très *maladroite*... — répondit vivement Aimée Joubert que l'observation du magistrat venait de piquer au vif. — Vous oubliez que dans une de ces rencontres j'ai failli perdre la vie... — qu'au bal de l'Opéra je n'ai pu arrêter Lartigues faute d'agents autour de moi, et qu'enfin, samedi soir, Verdier a été reconnu lorsqu'il était hors de portée.

— Je n'oublie rien, je sais à merveille que vous faites les plus grands efforts ; je suis certain que vous avez résolu d'opérer la capture de ces deux scélérats, mais je sais aussi...

Le chef de la sûreté s'interrompit.

— Que je ne réussis pas... — acheva la policière.

— L'évidence est là, puisque Lartigues et Verdier sont libres...

— C'est vrai, monsieur, et je comprends que votre patience soit mise à une rude épreuve par des résultats qui se font longtemps attendre ; mais ce n'est point une raison pour douter que ces résultats doivent se produire... — J'affirme, moi, qu'ils se produiront... — C'est la faute des événements si tout ce que j'ai entrepris jusqu'à ce jour n'a pas réussi... — Vous étiez en face d'une affaire mystérieuse, inextricable... — Vous êtes venu me chercher, et vous ne niez point, je crois, que j'aie porté la lumière au milieu des ténèbres.

— Je ne nie rien... je vous rends toute justice... Personne ne vous apprécie mieux que moi, mais au nom du ciel, hâtez-vous ! — Le public s'étonne et s'irrite de notre impuissance, les journalistes nous raillent, le parquet nous harcèle, et nous sommes sur les dents !

— Ce qui vous rend nerveux... — fit Aimée Joubert en souriant.

— J'en conviens, — répliqua le chef en souriant aussi, — et vous devez le comprendre... — Voyez ma position... — Rien n'avance et la responsabilité pèse sur moi...

— Espérez, monsieur... — Nous touchons au but...

— Dieu vous entende!! — Je ferai surveiller le quartier du faubourg Saint-Honoré... — Avez-vous besoin de Martel et de Jodelet?

— Non... — Galoubet et Sylvain Cornu me suffiront.

— J'aurais voulu que Galoubet, connaissant Verdier *de visu*, fît partie des agents chargés de la surveillance...

— Si vous me le preniez, je resterais seule avec Sylvain Cornu...

— Cela vous gênerait?

— Beaucoup.

— Pensez-vous donc agir d'un autre côté que nous?...

— Oui, monsieur...

— Suivez-vous une piste?

— Oui.

VI. 8

— Positive ?

— Je le crois.

— Laquelle ?

— Je vous demande avec instance de vouloir bien ne point me questionner à ce sujet. — Je ne pourrais en ce moment vous répondre d'une façon suffisamment claire... — Fiez-vous à moi, monsieur, et laissez-moi Galoubet et Sylvain.

— Soit... — Gardez-les...

— Je voudrais en outre deux hommes vigoureux... — Je ne tiens pas à leur intelligence mais à la solidité de leurs muscles, afin de me prêter main forte en cas d'arrestation.

Le chef de la sûreté regarda madame Rosier bien en face.

— En cas d'arrestation ? — répéta-t-il.

— Oui.

— Vous croyez-vous donc si près de la réussite ?

— Encore une fois, monsieur, je ne puis rien vous dire, mais je vous demande... Tenez, c'est aujourd'hui lundi...

— Eh bien ?

— Eh bien ! si mercredi soir je ne vous ai pas livré l'un des deux hommes que nous cherchons, c'est que j'aurai fait fausse route et qu'il ne restera rien en moi de la lucidité et des aptitudes spéciales qu'on voulait bien autrefois me reconnaître.

— Mercredi soir ! — s'écria le magistrat avec étonnement.

— Oui, monsieur... — Si mercredi soir je n'ai point réussi, je viendrai vous dire que je me reconnais inhabile, impuissante, incapable, que j'abandonne une entreprise au-dessus de mes forces et que je cesse mon service...

— C'est bien... — Je vous donnerai deux hommes solides.

— Lesquels ?

— Masson et Grandchamp... — Vous conviennent-ils ?

— Parfaitement !

— Ce soir ils auront reçu des ordres.

— C'est tout ce que je désirais, monsieur, et je vous remercie.

— Au revoir et bonne chance !

Aimée Joubert salua le chef de la sûreté, fit un signe à Galoubet, à Sylvain Cornu, et sortit du cabinet avec eux.

— Il a ses nerfs, le patron... — murmura Galoubet.

— Oui, — répliqua la policière, — j'ai l'air d'être en disgrâce. — Il doute de moi... — Nous verrons bien...

— Que ferons-nous jusqu'à mercredi? — demanda Sylvain.

— Nous surveillerons de notre côté le faubourg Saint-Honoré... — Nous allons même commencer tout de suite...

Et tous les trois prirent le chemin du quartier de l'Élysée.

Tandis que ceci se passait à la préfecture de police, Maurice se rendait rue de Suresnes chez le pseudo-capitaine Van Broecke.

Lartigues était seul.

— L'abbé viendra-t-il aujourd'hui? — lui demanda le fils d'Aimée Joubert après un échange de poignée de main.

— J'en doute... — Dans tous les cas, s'il vient il viendra tard...

— J'ai besoin de le voir, cependant, et même de le voir le plus tôt possible...

— Vous avez donc quelque chose d'important et de pressé à lui dire ?...

— J'ai à lui dire de hâter ses opérations chimiques... — Il est indispensable que Simone soit supprimée avant la fin de la semaine...

— Vous étiez à l'hôtel de la rue de Verneuil hier, quand elle s'y est présentée ?

— Oui.

— Elle a remis une lettre à mademoiselle Bressolles ?

— Non, mais elle lui a parlé bas.

Lartigues fit un geste d'étonnement.

— Il est impossible que la lettre n'ait pas été remise ! — fit-il aussitôt,

— De quelle lettre parlez-vous ? — demanda Maurice intrigué.

— D'une épître que le comte Yvan lui a confiée chez le peintre Gabriel Servet... — Je l'ai vue mettre cette épître dans la poche de sa robe.

— Tonnerre ! — s'écria le jeune homme en crispant ses poings, — elle aura trouvé moyen de la lui glisser dans la main, alors, et d'une façon assez adroite pour que je n'y voie que du feu ! — Cependant je ne les ai pas quittées des yeux un seul instant !

— Les filles d'Ève sont rusées, mon cher enfant !
— La plus naïve en remontrerait à l'homme le

8.

plus malin ! ! — En quittant la rue de Verneuil Simone est retournée chez le peintre.

— Pour lui apprendre que la lettre était arrivée à bon port.

— C'est probable !

— Plus que probable ! — C'est certain ! ! — Ah ! nous avons un danger autour de nous ! !

— Le danger, c'est le comte Yvan ! — répliqua Lartigues. — Ce Russe doit disparaître aussi bien que Simone et que Marie...

— Avez-vous découvert où il demeure ?

— Rue de Rennes, chez M. de Gibray...

— Est-ce sûr ?

— Oui. — Je l'ai suivi jusqu'à la porte et j'ai interrogé le concierge.

— Savez-vous quelque chose d'Albert de Gibray ?...

— Non... — Je ne pouvais questionner à son sujet sans risquer de me rendre suspect.

XLVII

— La chose évidente, indiscutable, c'est qu'il se trame un complot contre nous dans cette maison... — reprit Maurice. — Le comte Yvan aurait-il véritablement réussi, comme il se vantait de le faire, à sauver Albert de Gibray ?

Lartigues pour toute réponse fit un geste qui signifiait :

— Je n'en sais rien...

— Dans tous les cas, — continua le fils d'Aimée Joubert, — la situation est tellement tendue qu'il est nécessaire d'en finir tout de suite avec Simone... — Le moindre retard serait dangereux et pourrait amener l'écroulement de nos projets... — Il faut voir l'abbé... — Le trouverons-nous chez lui ?

— C'est plus que probable...

— Eh bien ! allons-y...

— Je suis prêt...

Lartigues prit son chapeau, et envoya le muet chercher une voiture dans la quelle il s'installa près de Maurice.

Une demi-heure plus tard ils arrivaient rue Béranger, franchissaient le seuil de l'immeuble à deux issues que nous connaissons, et Lartigues frappait à la porte de *Monsieur Martin*.

La manière dont le pseudo-capitaine Van Broecke venait de frapper était un signal.

Verdier vint aussitôt.

La présence de Maurice lui fit comprendre qu'il se passait quelque chose de grave.

Il interrogea.

Le jeune homme raconta ce qui avait eu lieu chez M. Bressolles, et l'idée de ce dernier d'attacher Simone à sa fille.

La réalisation de cette idée pouvait d'une heure à l'autre enlever Simone au pensionnat de madame Dubief et tout compromettre.

Verdier écouta de l'air le plus calme ; — quand Maurice eut achevé son récit, il dit avec un effrayant sourire :

— Pourvu qu'elle passe seulement la nuit prochaine à l'institution, demain matin elle ne sera plus à craindre.

— Vous avez terminé votre travail ?

— Oui... — Hier j'ai passé la journée entière en face de mes fourneaux... — Cette nuit, après deux heures de sommeil, je me suis remis à l'œuvre... — Maintenant je suis sûr de mon acide prussique, et, pour en être plus sûr encore, nous allons l'essayer.

— L'essayer ? — s'écria Maurice.

— Parfaitement.

— Et de quelle manière ?

— Vous allez voir. — Attendez-moi sans impatience...

Verdier laissa Lartigues et Maurice dans la pièce où il les avait reçus, les quitta et revint au bout de quelques secondes avec un jeune chien qui lui faisait mille caresses et lui léchait les mains.

— Voici, — dit-il, — le sujet sur lequel nous allons expérimenter... — Cet animal, un épagneul fort joli ma foi, ayant sans doute perdu son maître m'a suivi l'autre jour sur le boulevard, et je l'ai ramené en prévision de l'expérience.

— Pauvre bête ! — fit Maurice.

— Inutile de le plaindre... — répliqua Verdier ; —

si j'ai réussi, comme je le crois, il ne souffrira pas le moins du monde... — Voici l'instrument, — ajouta-t-il en désignant un flacon de cristal qu'il tenait à la main. — Pour l'ouvrir, il suffit de presser ce bouton de métal que vous voyez. — Dès que le doigt quitte le ressort, il se referme herméti-quement... — C'est un système ingénieux, qui ne présente aucun danger.

Le faux abbé Méryss s'assit alors sur un fauteuil bas et appela le chien qui furetait dans la chambre.

L'épagneul vint à lui en agitant le panache touffu de sa queue.

Verdier le caressa, lui tint la tête immobile, lui glissa sous le museau le flacon de cristal et pressa le bouton qui mettait en mouvement la ferme-ture.

A peine le doigt eut-il opéré la pesée voulue que la vapeur de l'acide prussique se dégageant vint frapper les narines de l'animal.

Avant que la vingtième partie d'une seconde se fût écoulée le pauvre épagneul tombait comme frappé de la foudre.

Il était mort.

— Eh! bien, — demanda Verdier d'un ton de triomphe modeste, — croyez-vous que j'aie réussi?

— C'est merveilleux! — s'écria Maurice.

— Et remarquez bien, — reprit le faux abbé, — que cela tue sans laisser de traces... — Seulement il faut de la prudence afin de ne point s'exposer soi-même aux émanations mortelles... — Le mieux est de tenir le flacon bien clos dans son étui jusqu'au moment de s'en servir.

Tirant alors de sa poche une sorte d'écrin de maroquin noir, il l'ouvrit, y déposa le flacon, le referma et le tendit à Maurice en lui disant :

— Prenez...

Maurice laissa Verdier le bras tendu.

— Ah! çà, mais, — demanda-t-il sans prendre le flacon, — c'est donc éternellement mon tour?... — Dès qu'il faut payer de sa personne c'est moi que vous choisissez!... — Pourquoi moi et non pas vous?...

Lartigues et Verdier se regardèrent avec étonnement.

Le fils d'Aimée Joubert continua :

— C'est vous qui avez étudié l'intérieur du pensionnat de madame Dubief... — Vous savez l'un et l'autre où il faut passer pour arriver au but... — Vous connaissez la chambre de Simone... C'est à vous d'en franchir le seuil et d'agir cette fois...

— Ah! ah! — fit Verdier d'un ton ironique, — vous avez peur!...

— Vous savez bien que non...

— Alors, pourquoi hésitez-vous?

— Parce que je trouve ma part de collaboration suffisante, et que je tiens à vous voir endosser votre part de responsabilité dans l'œuvre commune...

— Vous paraissez ne point vous souvenir qu'en venant à nous après avoir surpris notre secret, vous vous êtes mis sans réserve à notre disposition, vous déclarant prêt à obéir à tous nos ordres.

— Je n'oublie rien... — Ma mémoire est excellente, et je crois vous l'avoir largement prouvé jusqu'à cette heure... — Quand il a fallu agir au grand jour j'ai sans cesse été prêt, car je comprenais et je comprends encore que vous redoutiez la police qui vous connaît et dont vous devez par consé quent éviter les regards... Mais il s'agit ici d'une chose sombre, d'une exécution mystérieuse qui s'accomplira dans le silence, dans les ténèbres, et l'un de vous peut remplir sans crainte le rôle que vous voulez me confier encore...

— Alors, de même qu'hier vous avez refusé de nous servir en provoquant le comte Yvan, de même aujourd'hui vous refusez d'obéir? — Vous entrez en pleine révolte contre l'autorité dont je suis investi dans l'association des *Cinq*?

— Je ne me révolte pas, je discute, et c'est mon droit, car je n'ai jamais renoncé à l'usage de mon libre arbitre... — Je constate simplement un fait et la logique est de mon côté... — Pourquoi ne vous chargez-vous point de supprimer Simone?...

— Mais... — commença Lartigues.

— Répondez franchement, — interrompit Maurice, — ou alors je vous dirai que vous avez peur, comme l'abbé Méryss me le disait à moi il y a cinq minutes...

— Je n'ai pas à discuter, mais à commander... — Je suis le chef et j'ordonne...

— Le chef doit payer de sa personne aussi bien que le soldat...

— Eh! de par tous les diables, restons d'accord!! — s'écria Lartigues. — Allons-nous donc cesser de nous entendre au moment où le succès final est à portée de notre main?... — Il existe un moyen de tout concilier...

— Lequel? — demanda Verdier...

— Tirons au sort...

— Ce serait faire abnégation de notre droit...

VI.   9

— C'est cependant la seule chose que j'accep
terai... — fit Maurice.

Verdier se décida brusquement.

— Eh bien, soit! — répondit-il. — Tirons a
sort... — Mettons dans un chapeau nos trois nom
et celui de nous dont le nom sortira le premier ser
obligé de s'exécuter...

— Faites... — dit Maurice.

Verdier écrivit les trois noms sur des carrés c
papier qu'on plia et qu'on mit dans le fond du cha
peau pour mêler les billets.

Maurice, le premier plongea sa main dans cett
urne d'un nouveau genre.

Il en ramena un papier qu'il déplia.

Sur ce papier était écrit son nom.

— Allons, — fit-il, — donnez-moi le flacon... —
Le diable est pour vous... — J'irai cette nuit rue d
la Ville-l'Évêque...

Verdier lui remit l'étui de maroquin noir.

— Maintenant, — continua le fils d'Aimée Jou
bert, — nous avons une affaire à terminer...

— Quelle affaire?

— Celle du comte Yvan.

— Celui-là est le plus embarrassant... — mur

mura Lartigues... — Comment s'y prendre pour
nous en défaire?

— J'y ai songé, — répondit Verdier, — et je ne
trouve absolument rien... Il me paraît à l'abri de
nos entreprises, maintenant qu'il est l'hôte de
M. de Gibray.

Maurice haussa les épaules.

— Allons donc ! — fit-il, — rien n'est plus facile
que de l'atteindre...

— Vous avez trouvé un moyen de mettre le
comte Yvan à notre portée? — demanda vivement
le faux abbé Méryss.

— Oui, et je vous donnerai ce moyen quand vous
m'aurez dit lequel de vous se chargera cette fois
de la besogne...

— Moi ! — répliqua Lartigues...

— Eh! bien, ce soir ou demain je vous indique-
rai l'heure et le lieu du rendez-vous où vous vous
rencontrerez seul avec lui...

— C'est convenu... — J'attendrai votre indication et je serai prêt...

— A ce soir donc !...

— A ce soir...

Verdier accompagna le jeune homme jusqu'à la

porte de son appartement et revint trouver Lartigues en s'écriant :

— Il est rudement fort, ce garçon! — si fort
qu'il me fait presque peur...

— Et moi je l'admire, — répliqua Lartigues. —
C'est bien mon sang!! — Je me reconnais...

XLVIII

En quittant la rue Béranger, Maurice s'était fait conduire rue de Verneuil.

Il voulait se trouver le plus possible dans la maison où Simone pouvait revenir d'un moment à l'autre, envoyée auprès de Marie par le comte Yvan pour quelque communication nouvelle.

Les agissements du jeune Russe, allié d'Albert de Gibray, inspiraient au fils d'Aimée Joubert une préoccupation constante.

Valentine et Marie étaient sorties pour faire des emplettes et ne devaient revenir qu'à l'heure du dîner.

M. Bressolles se trouvait seul au logis.

Maurice n'ayant rien de particulier à lui dire, et jugeant avec raison sa présence à l'hôtel inutile en l'absence de la mère et de la fille, quitta l'ex-architecte après une insignifiante conversation de quelques minutes, en annonçant qu'il ne tarderait point à revenir, et se dirigea de son pied léger vers la rue de Rennes.

Arrivé à la maison qu'habitait le juge d'instruction, il entra chez le concierge.

— Que désire monsieur? — lui demanda ce dernier.

— Je viens prendre des nouvelles de M. Albert de Gibray...

— Monsieur est probablement des amis de M. Albert.,. — Monsieur désire-t-il monter?...

— Non... — Je sais que M. de Gibray le père est à cette heure au palais de justice et je craindrais d'être indiscret en allant voir son fils que je trouverais seul...

— M. Albert n'est pas seul... — répliqua le concierge.

— Une garde-malade, sans doute, veille auprès de lui...

— Ce n'est point une garde-malade, monsieur, c'est un jeune homme très riche, un grand person-

nage russe, qui tient compagnie à son intime ami
M. Albert, et ne le quitte pour ainsi dire ni jour ni
nuit...

— M. Albert serait-il plus souffrant?...

— Ah! monsieur, il me serait bien difficile de
vous répondre catégoriquement.

— Pourquoi?

— Parce que les domestiques nous parlent à
peine, à ma femme et à moi... — M. Paul de Gibray est toujours triste... Bien entendu on n'ose
pas lui adresser une question... Mais mon idée à
moi est que M. Albert aura bien du mal à s'en
tirer.

— Pauvre jeune homme!! — fit Maurice d'un
ton élégiaque, puis il ajouta : — Cependant il me
semble que par les domestiques vous pourriez
savoir...

— Rien du tout... ou du moins pas grand'chose.
— Quand on leur demande des nouvelles, ils lèvent
les yeux au ciel et secouent la tête, ce qui me paraît très mauvais signe...

— Le médecin, naturellement, vient toujours?

— Toujours, et souvent deux fois... ce qui prouve
bien que ça ne va pas mieux... — Si ça allait
mieux, le médecin ne ferait pas tant de visites.

Maurice en savait assez.

Des renseignements vagues qu'il venait de recevoir il croyait pouvoir conclure qu'Albert était toujours très malade, sinon dans un état tout à fait désespéré.

Le comte Yvan devait donc forcément se contenter de promettre à Marie la guérison prochaine de celui qu'elle aimait, en lui demandant de rompre, ou du moins de retarder son mariage avec un autre.

Ceci n'inquiétait nullement Maurice.

Il avait l'absolue conviction que rien au monde ne pouvait retarder son mariage.

— Décidément, — dit-il au concierge, — je ne monterai pas aujourd'hui, mais vous avez sans doute un registre sur lequel je puis inscrire mon nom ?...

— Oui, monsieur, le voilà...

Le concierge ajouta, en présentant au jeune homme un livre tout ouvert :

— Et voici une plume et de l'encre...

Maurice prit la plume, et au-dessous d'une foule de signatures traça d'une écriture illisible un nom qui n'était pas le sien.

Ceci fait, il salua le concierge et sortit de la loge.

— Évidemment, je m'effrayais à tort... — se dit-
il... — Mais il ne faut pas moins mettre ces gens-
là dans l'impossibilité de me nuire... — J'aurai
l'esprit plus tranquille ensuite...

Il retourna à l'hôtel Bressolles, où la mère et la
fille venaient de rentrer et où on le retint à dîner.

Marie, moins pâle que de coutume et en quelque sorte plus vivante, se montra singulièrement
gracieuse avec Maurice.

— Ma parole d'honneur, — pensa le fils d'Aimée
Joubert, — je crois que la petite commence à me
prendre au sérieux, et que loin de retarder le mariage elle le hâterait volontiers...

Vers dix heures, il quitta l'hôtel Bressolles pour
se rendre rue de Suresnes.

Lartigues et Verdier étaient dans le jardin du
petit hôtel.

Il les y rejoignit et tout d'abord des cris joyeux
partant de l'enclos voisin agacèrent ses oreilles,
tandis que les lueurs de lanternes multicolores
suspendues aux branches des arbres du pensionnat frappèrent ses yeux.

— Que se passe-t-il donc de l'autre côté du
mur ? — demanda-t-il.

Lartigues répondit :

9.

— Il se passe qu'il nous sera complètement impossible d'agir la nuit prochaine contre Simone...
— C'est aujourd'hui la fête de madame Dubief... —
Il y a représentation théâtrale, concert, souper...
et après le souper on dansera... — Bref, on sera
sur pied très tard... On dormira mal, par suite de
l'agitation, et nous devons remettre à demain la
partie...

— Eh bien ! demain, nous ferons coup double...
— dit Maurice.

— Coup double? — répétèrent les deux hommes.

— Oui... — Simone et le comte Yvan.

— Vous avez trouvé le moyen d'attirer le comte
dans un piège...

— Oui.

— Quel est ce moyen ?

— Le voici... — Prêtez-moi toute votre attention,
mon cher abbé...

— Elle vous est d'avance acquise... — répondit
Verdier en souriant.

— Vous possédez, rue Béranger et sur le boulevard du Temple, un double appartement qui va
nous être très utile...

— Utile?... à quoi ?

— C'est chez vous que nous allons attirer le comte.

Verdier eut un haut-le-corps.

— Pour le supprimer ? — demanda-t-il.

— Parfaitement.

— Mais c'est de la folie pure !! — Dans cette maison pleine de monde et dans ce quartier populeux il suffira d'un cri pour ameuter la foule...

— Soyez certain que la chose se fera sans cris, sans bruit, tout à fait à la muette... — Je vous ai entendu affirmer d'ailleurs que votre appartement était sourd, qu'on n'entendait rien au dehors de ce qui se passait à l'intérieur... — Laissez-moi maintenant, s'il vous plaît, vous expliquer quel est mon plan...

« Du côté du boulevard du Temple l'appartement du deuxième étage, loué par vous sous le nom de M. *Marchais*, communique par un mécanisme ingénieux avec l'appartement que vous occupez au troisième étage, dans un autre corps de logis, sous le nom de M. *Martin*.

» Le mécanisme ingénieux, inventé et exécuté par vous, va rendre très facile la mise en œuvre du plan que j'ai conçu...

» A cette heure, où il est convenu qu'après la suppression de Simone et de Marie et la remise en vos mains de l'héritage d'Armand Dharville vous quitterez la France pour n'y revenir jamais, il doit vous être parfaitement égal qu'un beau jour, lorsque vous serez loin, on trouve dans le logis abandonné par un certain *Marchais*, inconnu de tout le monde, le cadavre du comte Yvan.

— En effet, — répondit Verdier, — je n'en aurai pas le moindre souci... quand je serai parti...

— Continuez, — fit Lartigues, — ce début promet beaucoup et m'intéresse vivement.

Maurice poursuivit :

— Nous donnons rendez-vous au comte Yvan chez ce bon bourgeois Marchais, boulevard du Temple, n° 41, dans une maison bien tenue et bien habitée... — Toute défiance est impossible...

» Le comte arrive.

» Un honorable Hollandais, le capitaine Van Broecke, se trouve par hasard chez son ami Marchais et reçoit le Russe...

» Après quelques minutes d'un entretien dont je n'ai pas besoin de vous indiquer la nature, et surtout la conclusion, le capitaine Van Broecke ferme toutes les portes intérieurement à double tour, pousse les verrous, se place dans l'ascenseur et remonte chez M. Martin, d'où il descend très tranquillement par le grand escalier pour revenir ici, chez lui... — Que vous semble de cela ?

— C'est très praticable... — dit Lartigues.

— Je le nie ! — répliqua Verdier. — Songez que nous ne sommes pas encore au moment de notre départ, et que d'ici là vous supprimez mes allées et mes venues, vous rendez impossibles mes travestissements ; bref, en cas d'une surprise, — qu'il faut sans cesse prévoir, — vous m'ôtez toute ressource, tout moyen de fuite.

— Ce n'est pas sérieux ! — fit Maurice. — Je vous laisse libre comme autrefois... — Le capitaine Van Broecke n'aura qu'à ne point pousser les verrous, et vous passerez quand il vous plaira...

— Avec un cadavre sous les yeux !... Ça sera gai.

— Ne vous attardez pas à des bagatelles sans importance ! — dit le jeune homme en riant.

— Sans importance ! — Grand merci ! — Je voudrais vous y voir.

— Eh ! mon cher, un cadavre est la chose du monde la moins encombrante, et rien n'est plus facile que de s'en débarrasser quand il paraît gênant... — On en fait trois tronçons qu'on emballe dans trois caisses bien garnies de plomb et de ferblanc et qu'on expédie vers un pays quelconque...

— Vous enverrez le comte Yvan en Russie pour le rapatrier... — Ce sera drôle et c'est une chose qui se fait tous les jours, avec un succès soutenu, vous le savez aussi bien que moi... — Jeudi, pendant qu'à l'hôtel Bressolles je signerai mon contrat de mariage, vous pourrez, tout à votre aise, vous acquitter de cette petite besogne... — Soyez homme, que diable!! — Quand il y a des millions en jeu ce n'est pas le cadavre d'un ennemi qui doit vous faire peur!!...

XLIX

— Maurice a raison, — dit Lartigues, — tout est disposé chez toi pour rendre possible et facile ce qu'il nous propose... ne t'inquiète de rien... je m'arrangerai de façon à faire disparaître le corps.

— Bien, — répliqua Verdier, — j'accepte. — Mais quel moyen emploierez-vous, je vous prie, pour attirer au n° 41 du boulevard du Temple, sans éveiller ses soupçons, le comte Yvan Koura-wieff, chez un monsieur Marchais dont il n'a jamais entendu prononcer le nom...

— C'est vrai... — murmura Lartigues. — Voilà le point essentiel... — Quelle sera l'amorce de la souricière ?...

— Une lettre... — répondit Maurice. — Une
lettre bien simple...

— Songez, — s'écria Verdier, — qu'une lettre
peut tomber dans les mains d'un tiers qui, ne
voyant pas reparaître le Russe, retrouvera facilement sa piste...

— Non, car le comte gardera la lettre sur lui,
j'en suis certain...

— Expliquez-vous...

— Je vais m'expliquer en écrivant.

Le fils d'Aimée Joubert s'assit devant le bureau
du capitaine Van Broecke, prit une feuille de papier et, d'une écriture fine et allongée qui semblait à première vue une écriture de femme, traça
les lignes suivantes :

« *Monsieur le comte*,

» *Soyez assez bon pour vous rendre, ce soir mardi, à
onze heures précises, chez monsieur Marchais, boulevard du Temple, numéro 41.*

» *Si j'ose me permettre de vous indiquer ce rendez-
vous, c'est qu'il s'agit du bonheur de monsieur Albert
et de mademoiselle Marie.*

» *J'ai des nouvelles pressantes à vous communiquer,
je ne puis le faire que de vive voix, et des circonstances*

indépendantes de ma volonté ne permettent pas que notre entrevue ait lieu chez M. Gabriel Servet, comme la dernière.

   » *Agréez, monsieur le comte, l'assurance de mon respect.*

» SIMONE. »

La lettre était terminée.

Maurice la tendit à Verdier.

— Voici, — dit-il, — ce qui doit infailliblement vous livrer le comte sans défiance et sans défense...

Verdier prit la feuille de papier et lut à haute voix.

— Très bien ! — s'écria Lartigues, — Remarquablement ingénieux !! — La lettre du comte Yvan trouvée dans la chambre de Simone donne à Simone le droit d'écrire ainsi... — Il n'y a d'ailleurs rien d'invraisemblable à ce qu'elle ait à parler au comte de Marie Bressolles et d'Albert de Gibray...

— Ceci ne répond pas à mon objection de tout à l'heure... — reprit Verdier.

— Quelle objection ?

— Cette lettre donne un nom et une adresse... — Si le comte la laisse chez lui, après sa disparition on la trouve, on vient demander M. Marchais au numéro 41 du boulevard du Temple, on envahit mon domicile, et patatras !...

— Le comte ne laissera point sa lettre chez lui... — répliqua Maurice.

— Qu'en savez-vous ?

— Je ne le sais pas, mais j'en suis sûr... — En venant au rendez-vous désigné, Yvan Smoïloff portera sur lui la lettre dans la crainte d'oublier le nom et l'adresse... — C'est d'une logique indiscutable.

— Admettons cela... — Il y a autre chose.

— Quoi encore ?

— Cette lettre n'est pas de l'écriture de Simone, écriture, que le comte connaît peut-être... — Si cela est, il se défiera...

— Il ne verra qu'une chose, le bonheur d'Albert et de Marie... — répondit vivement Maurice. — Il ne se préoccupera de rien autre chose... Et quand bien même il connaîtrait l'écriture de la jeune fille, il ne peut soupçonner une embûche, ne se doutant certainement pas que nous possédons son secret...

— Voici ma conclusion : — Une fois le comte supprimé, abandonnez votre double logement du boulevard du Temple et de la rue Béranger... — Prenez-y tout ce que vous avez de valeurs et de papiers et n'y retournez plus... — Supposons un instant que le comte laisse la lettre chez lui, supposons même qu'il se fasse suivre, que nous importe? — Une fois le meurtre accompli, rien de plus facile que de s'échapper puisqu'on ignore la communication existant entre les deux appartements, et quand on trouverait cette communication, — si on la trouvait, — le capitaine Van Broecke serait loin...

— Allons. — dit Verdier, — advienne que pourra !... — Envoyez la lettre...

Maurice mit la feuille de papier sous enveloppe et écrivit l'adresse :

« *Monsieur le comte Yvan Smoïloff,*

» *chez Monsieur de Gibray,*

» *129, rue de Rennes,*

» *Paris.* »

— Cette adresse seule suffirait pour empêcher ses soupçons de naître... s'il pouvait en avoir... — dit le jeune homme.

— Mettrez-vous cette lettre à la poste? — demanda Lartigues.

— Non... — l'un de vous la fera porter demain par un commissionnaire.

— Je me charge de ce soin, — répliqua le pseudo-Van Broecke.

Les trois hommes se séparèrent.

Maurice rentra chez lui.

Le faux abbé prit le chemin de la rue Béranger.

Il se proposait d'employer une partie de la nuit à trier et à empaqueter les papiers qu'il voulait mettre en lieu sûr.

Quant à ses costumes, il tenait à ne point les laisser à la merci de la police, si la police procédait à une perquisition.

Le pauvre épagneul tué par l'acide prussique fut porté sur la chaussée.

Verdier entassa dans trois grandes malles les costumes, les perruques, les papiers, etc... Les étiquettes collées sur ces malles portèrent ces mots : — Londres. — EN GARE.

Dès le matin Verdier, transformé en monsieur Marchais, alla se montrer au concierge en annonçant qu'il arrivait de voyage.

Quelques heures plus tard il faisait emporter les caisses, ne gardant de tout son attirail de déguisement que trois costumes, ceux de *Marchais*, du *Père Martin* et de l'*abbé Méryss*.

Les caisses furent enregistrées au chemin de fer sous un nom de fantaisie d'artiste dramatique se rendant à Londres.

Ses précautions prises de ce côté, Verdier retourna chez lui, revêtit son costume d'ecclésiastique qui lui semblait le déguisement le plus sûr, et se rendit rue de Suresnes.

*
* *

Dès le lundi, le chef de la sûreté avait donné des ordres.

Tout le quartier du faubourg Saint-Honoré se trouvait sous la surveillance d'une brigade d'agents en bourgeois, parcourant les rues de l'air de flâneurs indifférents, mais l'œil et l'oreille aux aguets.

La veille, Verdier et Lartigues avaient passé près d'eux, Lartigues sous les habits du capitaine Van Broecke, Verdier sous ceux du père Martin, et dans ces promeneurs d'apparence respectable les agents s'étaient bien gardé de deviner les bandits qu'ils cherchaient...

Madame Rosier, Galoubet et Sylvain Cornu, pendant tout le jour et une partie de la nuit, s'étaient occupés de surveiller les agents qui surveillaient le quartier.

La policière fut médiocrement satisfaite.

Elle trouva que les hommes de la sûreté, au lieu d'entrer chez des marchands de vin, dans des petits cafés et d'observer l'extérieur depuis l'intérieur, se montraient beaucoup sur le trottoir et risquaient, par leurs allées et venues continuelles, d'attirer l'attention sur eux.

— C'est vouloir faire comprendre aux gens qu'un réseau de police enveloppe le quartier ! ! — pensa-t-elle. — Tout cela est conduit par un inspecteur singulièrement maladroit, ou bien on cherche à me contrecarrer... — Le chef de la sûreté, si bien-veillant d'habitude, s'est montré presque raide l'autre jour... — Il ne croit plus en moi sans doute et veut me fatiguer pour me faire abandonner la partie... — Nous verrons bien...

Le mardi matin elle se rendit à la préfecture et alla droit au cabinet du chef.

Celui-ci fit répondre à la policière qu'il était occupé et qu'il la priait d'attendre.

C'était chose toute simple.

Madame Rosier s'assit et attendit.

Au bout d'un quart d'heure Jodelet sortit du cabinet et passa devant elle sans paraître la voir.

— Décidément je suis en disgrâce... — se dit Aimée Joubert.

D'autres agents, — arrivés après elle, — furent introduits successivement.

Elle s'arma de patience et elle attendit encore.

Enfin, voyant qu'elle restait seule et qu'on semblait l'oublier, elle pria le garçon de bureau d'aller rappeler sa présence au chef de la sûreté.

Celui-ci lui fit dire qu'il était prêt à la recevoir.

Madame Rosier se sentait douloureusement froissée dans sa dignité de femme et dans son orgueil professionnel.

Quoi, lorsqu'elle vivait d'une existence calme et tranquille dans un coin obscur d'où elle comptait ne jamais sortir, on était venu la chercher, la suppliant d'accorder son aide à la police déroutée et aux abois...

Elle avait consenti... — Elle s'était sacrifiée... — Et, maintenant qu'après des labeurs surhumains elle touchait au but, un revirement brusque s'opérait ; on faisait montre à son égard du sans-gêne le plus offensant.

Aussi, en franchissant le seuil du cabinet, avait-elle le cœur serré et les yeux pleins de larmes.

Le chef de la sûreté leva la tête et d'un seul regard il lut sur le visage de madame Rosier toutes les souffrances de son âme.

— Bonjour, chère madame, — lui dit-il, — venez-vous, ce matin, m'apporter des nouvelles?...

— Non, monsieur, — répondit Aimée Joubert. — Souvenez-vous que je vous ai demandé jusqu'à mercredi...

— Que venez-vous faire alors?...

— Me plaindre...

L

— Vous plaindre ! — s'écria le chef de la sûreté.
— Et de quoi?

Madame Rosier répondit sans hésiter :

— De la manière dont s'est fait hier le service de surveillance ordonné par vous dans le quartier du faubourg Saint-Honoré.

— Je ne vous avais point chargée, ce me semble, de surveiller ce service... — dit le chef d'un ton sec.

— En effet, monsieur, mais comme j'étais moi-même en observation de ce côté, j'ai pu me rendre compte de ce qui se passait et j'ai dû constater que les agents semblaient s'afficher à dessein, ce qui,

— vous le savez mieux que moi, monsieur, — est
une infraction aux règles les plus élémentaires de
toute bonne police...

— L'homme qui dirigeait la brigade est d'une
habileté reconnue par vous-même, chère madame,
c'est Jodelet. — Du reste j'ai jugé la surveillance
inutile dans le quartier du faubourg Saint-Honoré,
et je viens de la supprimer.

— En d'autres termes, vous avez résolu de ne
tenir aucun compte des indications que je pourrais
vous donner désormais?

— Non certes, mais je prétends diriger moi-
même les recherches dans le sens où elle me pa-
raîtront pouvoir amener de bons résultats.

— Monsieur le chef de la sûreté, — dit tout à
coup madame Rosier, — permettez-moi de vous
prier de jouer avec moi cartes sur table... Depuis
hier votre façon d'agir n'est plus du tout la même
à mon égard... La sympathie et la confiance que
vous me faisiez l'honneur de me témoigner semblent
avoir complètement disparu... — Vous paraissez
enfin me tenir en état de suspicion... — D'où
vient ce changement?... Je désire le savoir et je
vous demande de me l'apprendre.

Le chef répliqua, non sans embarras visible :

— Mon Dieu, madame, je vous ai dit hier tout ce que j'avais à vous dire à ce sujet...

— Pardon... — Vous ne m'avez dit hier que la moitié de la vérité... — Ou je me trompe fort, ou vous m'avez retiré votre confiance pour la donner à Jodelet... — Vous n'avez point fait cela sans motif... — Mettez-vous en doute ma loyauté?

— Ah! que Dieu m'en garde!! — s'écria le magistrat avec un accent dont la sincérité n'était point douteuse.

— C'est donc alors que vous ne croyez plus mon intelligence à la hauteur de la tâche dont je me suis chargée sur votre prière?

— Je vais vous répondre franchement.

— Et même brutalement s'il le faut... — Ne craignez point de me blesser.

— Eh bien, je vous crois trop occupée en ce moment de votre fils, de son bonheur, de son avenir, pour nous donner toutes vos pensées, pour nous consacrer tous vos instants... — La maternité vous absorbe...

— Vous faites allusion, sans doute, au prochain mariage de mon fils?

— Oui.

— C'est tout au plus si j'ai consacré quelques heures aux préliminaires de ce mariage...

— Peut-être, mais il vous préoccupe sans cesse, et cette préoccupation constante annihile les aptitudes rares et spéciales que nous trouvions en vous et auxquelles nous rendions un éclatant hommage.

— Bref, selon vous, je deviens incapable?

— Non, certes, mais...

Le chef de la sûreté s'interrompit.

— Achevez donc! — fit la policière.

— Mais, — reprit-il, — mon avis est que vous ferez sagement de laisser un autre achever l'œuvre commencée par vous...

Madame Rosier devint très pâle.

— Eh! je le disais bien, — s'écria-t-elle d'une voix altérée, — vous me jugez usée, finie, incapable!! — Ainsi, j'ai tout quitté pour vous venir en aide... — Ce n'est rien!! — J'ai risqué ma vie à votre service... — Ce n'est rien!! — J'ai reconstitué le crime et vous l'ai montré tel qu'il a dû se commettre... — Ce n'est rien!! — On ne m'en tient nul compte... — Si, à diverses reprises on a échoué, c'est ma faute!! — Si je n'ai pas encore mis la main sur les misérables, c'est que je m'occupais du bonheur de mon fils au lieu de faire mon devoir!! — De telles suppositions sont injustes, monsieur, elles sont outrageantes et me blessent profondément!... — Suis-je venue vous trouver pour vous offrir mes services? — Non, c'est vous qui êtes venus me dire : — *Nous sommes en pleines ténèbres...* — *Faites jaillir la lumière!!* — Je refusais... — Vous avez insisté... — Vous m'avez suppliée, en me parlant de l'avenir de mon fils, et aujourd'hui vous me reprochez d'aimer ce fils et vous m'accusez de négliger pour lui mon devoir, ce qui serait un crime dans les circonstances graves où nous sommes! — Eh bien! monsieur, je n'accepte pas l'accusation...

Madame Rosier tira de sa poche un portefeuille.

Elle y prit un carré de carton qu'elle plaça sur le bureau du chef, en ajoutant :

— Voici la carte que vous m'aviez confiée... — Je vous la rends... — A partir de cette heure je ne relève plus de vous et je cesse mon service.

Le chef de la sûreté tressaillit.

Les dernières paroles d'Aimée Joubert lui avaient fait comprendre à quel point il avait dû blesser une femme digne de toute son estime et dont il avait avec ardeur sollicité la coopération.

En l'entendant se démettre de son emploi, il se

10.

souvint des services rendus, il se dit qu'il venait
de faire une faute grave, et qu'il allait perdre un
précieux auxiliaire.

— Eh ! quoi, — s'écria-t-il, — vous cessez votre
service, vous abandonnez votre poste !

— C'est vous qu'y m'y forcez, monsieur...

— Et, comment ?

— En doutant de moi.

— Mais vous suiviez une piste, m'aviez-vous dit,
en me demandant jusqu'à mercredi soir...

— Eh ! bien, — répondit Aimée Joubert avec
ironie, — supposez qu'il s'agit d'une fausse piste
et que je renonce à la suivre, voilà tout...

— Chère madame Rosier, je refuse votre dé-
mission...

— Pourquoi, puisque je ne suis plus bonne à
rien ?

— Voyons, ne me gardez pas rancune, ce qui
serait indigne de vous... — J'ai eu tort, je l'avoue...
— J'ai cédé à une mauvaise conseillère, l'irrita-
tion, en me voyant assailli de toutes parts, mal-
mené par les journaux et discuté par l'opinion
publique... — On s'en prend à moi des lenteurs de
cette affaire, et j'ai eu la faiblesse de m'en prendre
à vous...— *Péché avoué est aux trois quarts pardonné !*

dit un proverbe que vous connaissez certainement,

— Reprenez votre carte et oublions ce léger nuage...

— Vous le voulez ?...

— Je vous en prie...

— Alors, je cède une fois encore...

— Et je vous en suis reconnaissant... — Maintenant causons... — J'ai dû donner un emploi d'inspecteur à Jodelet qui est recommandé... peu importe... — Je mettrai à votre disposition les hommes que vous m'avez demandés... Toute la brigade s'il le faut, mais gardez-vous bien de lâcher la piste que vous croyez bonne...

— Ah ! soyez tranquille, je ne la lâcherai pas !... — Vous me laissez libre d'agir seule ?...

— Je vous mets la bride sur le cou et ne vous donne qu'une consigne...

— Laquelle ?

— De réussir...

— Avec l'aide de Dieu, je réussirai... — Envoyez-moi demain vos deux hommes, à huit heures du matin, rue Meslay...

— Ils y seront... — N'oubliez pas que vous m'avez promis un résultat pour mercredi...

— Je vous le promets encore...

Madame Rosier quitta le cabinet du chef de la sûreté et alla retrouver Galoubet et Sylvain qui l'attendaient à un endroit convenu près de la préfecture.

— Avec ces deux-là, — se dit-elle, — et les deux qui seront mis demain à mes ordres, ce sera suffisant.

— Eh bien ? — lui demanda Sylvain.

— Eh bien, — répliqua-t-elle, — nous serons seuls à surveiller le quartier de l'Elysée...

— Tant mieux... — J'ai une idée...

— Dites-la...

— C'est de ne pas bouger de la rue du Faubourg-Saint-Honoré... — C'est là que nous avons rencontré le faux curé. — C'est par là qu'il doit passer pour aller où il va...

— C'est possible... — fit Aimée Joubert, — Nous nous nous échelonnerons depuis la rue Royale jusqu'à l'Élysée. — Si notre homme passe on n'aura l'air de rien et on le filera jusqu'à sa demeure...

— Bon s'il passe à pied, — dit Galoubet. — mais si le gredin se paye une voiture, nous serons refaits...

— Non, — répliqua Sylvain, — car je n'ai pas seulement une idée, j'ai aussi un plan...

— Voyons le plan.

— Le voici : — Toi, Galoubet, tu resteras à pied, surveillant les piétons et jetant un coup d'œil américain dans l'intérieur des voitures qui passeront. Madame Rosier, à pied comme toi, sera placée de manière à ne pas te perdre de vue, et moi, en cocher, sur le siège d'un berlingot quelconque... — Si vous voyez le faux curé en voiture, vous n'aurez qu'à me faire un signe et je prendrai chasse... — S'il est à pattes, vous montez dans la voiture, nous le filons tous les trois, et pendant que deux d'entre nous veilleront à sa porte, le troisième ira chercher main-forte... — Qu'est-ce que vous pensez de ça, patronne ?

Aimée Joubert répondit :

— Je pense que c'est bien combiné et d'une réalisation facile...

— Alors le plan est adopté ?...

— Sans discussion.

— Vive la patronne ! — fit Sylvain joyeux, en ayant soin de mettre une sourdine à sa voix.

— Munissons-nous d'une voiture de louage, — reprit madame Rosier, — allons rue Meslay où

nous trouverons des costumes, et ensuite, à nos
postes !

Deux heures plus tard une voiture s'arrêtait au
coin de la rue du Faubourg-Saint-Honoré et le
cocher allumait sa pipe, en homme qui va stationner.

Un peu plus haut une marchande des quatre
saisons poussait devant elle une petite charrette
pleine de légumes.

Entre les deux un *pâle voyou* parisien vendait
des anneaux brisés et des chaînes de sûreté.

C'étaient Sylvain Cornu, Aimée Joubert et Galoubet.

LI

Vers sept heures du soir, aucun personnage suspect ne s'étant montré, la marchande des quatre-
saisons, le cocher de fiacre et le cameloteur ven-
lant des chaînes de montres et des anneaux brisés,
s'étaient réunis pour dîner dans l'arrière-boutique
d'un marchand de vin, bien résolus à continuer
leur surveillance pendant une partie de la nuit.

Verdier, sous le costume de l'abbé Méryss, était
venu voir Lartigues, mais il avait échappé à ses
guetteurs en entrant dans la rue de Suresnes par
le boulevard Malesherbes au lieu de suivre le faubourg Saint-Honoré.

A huit heures, la policière et ses deux sous-ordres
reprenaient leur poste d'observation.

A neuf heures Lartigues, Verdier et Maurice se trouvaient réunis dans le salon du petit hôtel.

Tous trois étaient sombres.

Le faux abbé causait à voix basse avec Lartigues, tandis que Maurice étudiait le plan tracé par Verdier des dispositions intérieures du pensionnat de madame Dubief.

A neuf heures et demie, Lartigues quitta son siège.

Il endossa une redingote noire de coupe cléricale tombant presque jusqu'à ses talons.

Il se coiffa d'une perruque grise à longs cheveux et mit sur son nez une paire de lunettes à verres bleus.

Ce déguisement bien simple le rendait méconnaissable.

— Très bien ! — dit Verdier en examinant le costume. — Je t'aurais croisé dix fois dans la rue sans me douter que c'était toi... — Voici les clefs de l'appartement du deuxième étage donnant sur le boulevard, et celles du troisième. — Une fois l'affaire faite, tu fermeras tout à clef et tu jetteras les clefs dans un égout. — J'abandonne les meubles et je ne retournerai plus là-bas...

— A merveille ! — répondit Lartigues ; — c'est de

beaucoup le parti le plus sage... — il doit nous mettre à l'abri de tout danger...

— Je l'espère bien...

Lartigues empocha les clefs.

— Tu te souviens de la manière de faire fonctionner l'ascenseur? — demanda Verdier.

— Parfaitement.

— Va donc... il est temps...

— Et je n'oublierai pas ce joujou, — fit le pseudo-Van Broecke en prenant sur un meuble un couteau catalan à manche de corne ; — la lame est solide et bien affilée, ce sera fait d'un seul coup...

— C'est ce qu'il faut... — Au revoir, et bonne chance...

— Bonne chance!... — répéta Maurice en serrant la main de Lartigues qui malgré lui frissonna.

C'était en effet hideux et effrayant à la fois d'entendre ce fils souhaiter bonne chance à son père à l'heure du crime...

Lartigues partit.

Il remonta la rue de Suresnes jusqu'à la rue Cambacérès, et gagna la place Beauvau et le faubourg Saint-Honoré qu'il descendit en cherchant de l'œil une voiture.

Arrivé à la rue d'Anjou il se heurta contre une

femme qui venait de tourner l'angle de la rue.

—Pardon, madame... — fit-il en portant la main
à son chapeau à larges bords.

Et il continua son chemin

La femme avait fait brusquement halte. — Di-
sons tout de suite que c'était madame Rosier.

La voix du passant venait de résonner d'une manière étrange à son oreille.

— C'est singulier... — murmura-t-elle, — on di-
rait la voix de Lartigues... — Mais mon imagination
m'abuse peut-être...

Passant vivement de l'autre côté de la rue elle
étudia la taille, la tournure, la démarche de
l'homme aux lunettes bleues, et sentit grandir ses
soupçons.

Soudain elle le vit s'arrêter près de la voiture de
Sylvain Cornu qui, nous le savons, stationnait au
bord du trottoir.

— Êtes-vous libre? — demanda-t-il au cocher
improvisé.

— Non, — répondit Sylvain, — j'attends mon
bourgeois.

Lartigues fit un geste de désappointement et se
remit en marche.

Aimée Joubert, qui le dévorait des yeux, se dirigea vers le fiacre.

— Sifflez Galoubet.., — commanda-t-elle à Sylvain, — et suivez-moi en ne perdant pas de vue l'homme qui vient de vous parler.

— C'est le faux curé, patronne?

— Non, mais je jurerais que c'est Lartigues...

— Ah! fichtre! — ouvrons l'œil alors!...

La policière s'élança sur les traces du misérable.

Sylvain avait fait entendre un de ces coups de sifflet stridents qui sont aussi bien à l'usage des agents qu'à celui des voleurs.

Au bout d'une minute Galoubet le rejoignait et en l'abordant lui adressait cette question :

— Qu'y a-t-il, mon vieux?

— Monte... — Paraîtrait que nous en tenons un...

Galoubet sauta lestement dans la voiture.

Cornu toucha du bout du fouet son cheval et suivit pas à pas madame Rosier qui se trouvait tout au plus à trois mètres de l'homme filé par elle.

Au point d'intersection de la rue du Faubourg-Saint-Honoré et de la rue Royale plusieurs voitures passaient.

L'homme aux lunettes bleues en héla une.

— Plus de doute!... — balbutia la policière tremblante d'émotion. — C'est lui!... c'est bien lui!... — Je le tiens donc enfin !

Lartigues venait de s'installer dans la voiture.

Madame Rosier revint à Cornu et lui demanda :

— Vous l'avez vu ?

— Oui, patronne... — Montez vite afin que je ne perde pas de vue le *berlingot*...

La policière était déjà près de Galoubet.

Sylvain fouetta son cheval de manière à le placer immédiatement derrière la voiture qui emportait Lartigues au grand trot.

Le compère de Galoubet avait été employé jadis chez un maquignon du boulevard de l'Hôpital où il conduisait un cabriolet; nous croyons l'avoir dit.

Il se souvenait assez de son ancien métier pour manœuvrer sans embarras au milieu des omnibus et des véhicules de toute sorte qui encombraient les boulevards, et pour ne point se laisser distancer de plus de cinq à six mètres.

Au coin de la rue de Turbigo et du boulevard, en face de la maison qui porte le n° 13 de la place de la République, la voiture de Lartigues s'arrêta.

Sylvain mit son cheval au pas, guettant l'homme aux lunettes bleues qui venait de descendre, payait le cocher, suivait le boulevard, montait l'escalier qui touche à l'ancien théâtre Déjazet, et faisait halte en face du numéro 41 du boulevard du Temple.

Du haut de son siège Sylvain le vit tirer de sa poche une clef et ouvrir la porte.

Dans un des premiers chapitres de ce récit nous avons expliqué que la maison n'avait point de concierge du côté du boulevard.

Les locataires, peu nombreux, rentraient chez eux au moyen de clefs mises à leur disposition par le propriétaire, avantage dont ne jouissaient pas les locataires des corps de bâtiments intérieurs.

Ceux-là étaient obligés de faire le tour par le passage Vendôme, lorsqu'il n'était pas fermé, ou de gagner la rue Béranger, soit par la rue Turbigo, soit par la rue Charlot...

Sylvain avait arrêté la voiture sur le boulevard en contre-bas.

Sa tête seule arrivait au niveau du trottoir, très surélevé en cet endroit.

Madame Rosier abaissa la glace du devant pour demander à demi-voix :

— Que fait-il?

— Il vient d'ouvrir avec une clef qu'il a sortie de

sa poche... — Il entre... — Il referme la porte...

— Alors c'est là qu'il demeure !... — s'écria la policière.

— Est-ce donc bien Lartigues ? — murmura Galoubet.

— C'est lui... — le doute est impossible... Descendez, Galoubet, ne quittez pas cette porte, regardez bien quiconque en sortira ! — Vous avez vu l'homme, vous le reconnaîtriez et vous le fileriez s'il quittait la maison, ce que je ne crois pas, mais il faut tout prévoir...

— Convenu, patronne...

— Vous, Sylvain, restez sur votre siège, prêt à suivre Galoubet s'il vous faisait signe.

— Patronne, c'est entendu...

Madame Rosier reprit :

— Moi je vais chez le chef de la sûreté demander des agents... — Si je ne vous trouvais plus ici en revenant, c'est que vous suivriez l'homme à la piste, et nous attendrions que l'un de vous revienne nous avertir.

— Ah ! — fit tout à coup Sylvain Cornu qui, en écoutant la policière, avait les yeux fixés sur la façade de la maison.

— Qu'y a-t-il ? — s'écria madame Rosier.

— Voilà des fenêtres qui s'éclairent au second étage...

— On les ouvre... — ajouta Galoubet.

Les deux fenêtres en effet s'ouvrirent l'une après l'autre et on vit l'homme aux lunettes tirer à lui et fermer les volets rembourrés.

— Nous savons tout ce qu'il fallait savoir, — dit la policière. — Veillez bien, nous le prendrons au gîte !

Elle courut à la station de voitures qui se trouvait voisine.

Là elle monta dans un fiacre et dit au cocher :

— Vingt francs si vous me conduisez en dix minutes au numéro 9 du quai des Orfèvres...

C'était là que demeurait le chef de la sûreté.

Le cocher grimpa sur son siège.

— Apprêtez le jaunet, — répondit-il, — j'ai un cheval neuf, nous allons filer, comme le vent...

Et en effet la voiture partit grand train.

LII

Lartigues, entré dans l'appartement loué par Verdier sous le nom de Marchais, avait allumé une bougie, ouvert les fenêtres et tiré les volets.

Soudain son visage se rembrunit et une exclamation s'échappa de ses lèvres.

— Tonnerre ! — dit-il à haute voix, — quand le comte va venir il se heurtera contre la porte fermée du boulevard, et il n'y a point de concierge. — Pas un de nous n'a pensé à cela !... — Imbéciles que nous sommes ! — Il n'y a qu'un parti à prendre, redescendre au plus vite, ouvrir la porte et la laisser entre-bâillée... — J'y vais...

Il descendit en effet, rouvrit la porte, ne la referma point tout à fait, regagna l'appartement et s'assit devant une table chargée de livres et de journaux qu'il se mit à feuilleter pour tuer le temps.

Yvan Smoïloff avait reçu vers les onze heures du matin la lettre écrite par Maurice.

Le fils d'Aimée Joubert ne s'était point trompé en croyant que le comte ne soupçonnerait aucun piège.

Convaincu que la lettre venait bien de Simone, le jeune Russe, avide de savoir quel nouveau danger menaçait Albert et Marie, attendait avec une extrême impatience l'heure du rendez-vous assigné par la lingère de madame Dubief.

Il eut soin de cacher son agitation et son inquiétude aussi bien à M. Paul de Gibray qu'à Albert, quitta la maison de la rue de Rennes à dix heures précises et prit une voiture qui le conduisit au numéro 41 du boulevard du Temple.

Là, il descendit, paya le cocher qui ne voulait pas attendre sous prétexte que son cheval ne se tenait plus sur ses jambes et qu'il lui fallait aller relayer ; ensuite il s'approcha du logis où nous avons vu entrer Lartigues.

A onze heures du soir ce coin du boulevard est

11.

très animé par les allants et venants, et surtout par les sorties des entr'actes du petit théâtre voisin.

Enveloppé dans ce mouvement boulevardier très intense et très bruyant, le comte Yvan ne pouvait se douter qu'il allait au devant d'un coup de couteau.

Si une pensée de défiance avait pris naissance dans son esprit, elle se serait immédiatement envolée.

Arrivé en face du 41 il chercha un bouton de sonnette, n'en trouva pas, vit la porte entre-bâillée, la poussa et entra.

Galoubet se promenait de long en large sur le trottoir.

Il vit bien entrer le jeune Russe, mais ne le connaissant pas il le prit pour un locataire regagnant son gîte, et ne lui accorda qu'une très minime part d'attention.

Sa préoccupation visait spécialement les gens qui pourraient sortir et dont l'allure lui semblerait suspecte.

Il se disait avec une logique indiscutable :

— Mon homme n'aurait qu'à changer de pelure, et grâce à quelque transformation nouvelle il me glisserait entre les doigts... — Ouvrons l'œil !

Le comte, en entrant dans la maison, avait tiré la porte derrière lui sans la refermer tout à fait.

Il se mit en quête d'un concierge.

Nous savons déjà que ce concierge n'existait point.

L'embarras du jeune Russe fut extrême.

L'escalier était éclairé, mais faiblement, d'une façon presque lugubre, le propriétaire ayant recommandé d'économiser le gaz.

Yvan ne pouvait aller frapper de porte en porte, à chaque étage, en demandant M. Marchais.

Aucun des trois complices n'avait songé à l'extrême maladresse d'un rendez-vous donné de cette façon, car il était fort admissible de supposer que le comte ne sachant à qui s'adresser s'éloignerait, faisant ainsi avorter le crime projeté.

Il n'en fut rien cependant.

Le Russe avait trop à cœur de savoir ce qui menaçait l'amour d'Albert pour perdre patience et reculer devant la première difficulté qui se présentait.

A côté du numéro 41 se trouve un bureau de tabac situé au rez-de-chaussée de l'immeuble.

Yvan Smoïloff sortit du couloir et entra dans la boutique.

Une femme trônait au comptoir.

— Madame, — lui dit le Russe, — il n'y a donc pas de concierge dans votre maison.

— Pardon, monsieur, — répliqua la marchande, — il y en a un, seulement sa loge se trouve de l'autre côté des bâtiments, sur la rue Béranger... — Si c'est pour un renseignement que je puisse vous donner, je le ferai avec plaisir... — Je connais tout le monde dans les deux corps de logis et je réponds souvent aux personnes qui ont affaire au 41...

— Je veux vous demander tout simplement, madame, s'il existe un M. Marchais dans la maison...

— Monsieur Marchais... oui certainement... un particulier pas causeur, mais très comme il faut...

— A quel étage demeure-t-il?

— Au second... — mais je le croyais en voyage, M. Marchais...

— Il paraît qu'il est revenu, car j'ai rendez-vous ce soir chez lui...

— Eh ! bien, monsieur montez au deuxième... — Vous n'avez pas à vous tromper de porte... M. Marchais est le seul locataire de l'étage.

Le comte remercia la jeune femme et s'engagea de nouveau dans la maison.

Au moment de sa sortie Galoubet l'avait suivi des yeux avec une certaine anxiété.

En le voyant rentrer et fermer la porte derrière lui, le detective se sentit rassuré complètement.

Le comte Yvan, se conformant à l'indication de la marchande de tabac, gravit les marches de l'escalier et sonna d'une main ferme à l'unique porte du second étage.

Derrière cette porte Lartigues attendait...

*\
* *

Rue de Suresnes on ne restait point inactif.

Vers dix heures et demie Verdier et Maurice étaient descendus dans le minuscule jardin de l'hôtel.

Par-dessus la muraille couverte de lierre séparant ce jardin de celui du pensionnat ils cherchaient à découvrir à travers les branchages des grands arbres les fenêtres de l'institution.

Celles des étages supérieurs étaient sombres, à l'exception d'une seule.

Verdier s'orientait d'après son plan, afin de découvrir sur quelle chambre s'ouvrait la fenêtre éclairée.

— C'est la chambre de Simone... — dit-il brusquement au bout de quelques minutes.

— Vous croyez?

— J'en suis sûr...

— La petite n'est pas encore couchée...

— Cela saute aux yeux, ou tout au moins pas endormie puisque sa lampe reste allumée.. — donc il faut attendre.

— Attendons...

Maurice se promenait dans le petit jardin avec une fièvre inaccoutumée.

Pour la première fois de sa vie il éprouvait un serrement de cœur douloureux.

Jamais au moment de commettre un crime, — et nous savons si les siens étaient nombreux, — il n'avait ressenti pareille émotion.

Verdier ne perdait point de vue la fenêtre de Simone.

— Ah! — fit-il tout à coup.

La lumière cessait de briller.

En même temps on entendit sonner onze heures.

— Qu'y a-t-il? — demanda Maurice.

— Simone vient d'éteindre sa lampe.

— Maintenant il faut attendre qu'elle soit endormie... — Rentrons...

Les deux hommes regagnèrent l'intérieur du petit hôtel.

Dominique le muet veillait dans le vestibule, prêt à aller ouvrir quand Lartigues reviendrait du boulevard du Temple.

Verdier paraissait préoccupé.

Maurice le questionna sur le motif de cette préoccupation.

Il répondit :

— Je pense au capitaine Van Broecke...

— Eh bien ?

— Et j'ai peur...

— Peur de quoi ?

— Si le Russe s'était défié...

Le fils d'Aimée Joubert haussa les épaules.

— C'est là une crainte absolument puérile et sans fondement, — répliqua-t-il. — Je vous ai dit, je vous répète, que le comte Yvan ne peut soupçonner un piège...

— Vous en êtes convaincu, je le sais, mais votre conviction ne repose sur rien de positif...

— Elle repose sur un raisonnement logique, ce qui est une base sérieuse. — A cette heure notre cher associé dialogue avec le comte... — Le dialogue

sera court... — Dans trois quarts d'heure le capitaine doit être de retour auprès de nous...

— Si vite !

— Mais certainement !... — En trois quarts
d'heure un bon marcheur viendrait à pied du boulevard du Temple à la rue de Suresnes.

Le silence s'établit.

Le temps passait.

La demie après onze heures sonna.

Maurice était retombé dans sa rêverie sombre.

— Allons... — dit Verdier.

Le fils d'Aimée Joubert tressaillit.

— Il est temps de penser à Simone... — poursuivit Verdier.

— Où est la lanterne sourde ?

— La voici...

— Maurice prit cette lanterne, d'assez petites
dimensions pour pouvoir se mettre dans la poche,
l'alluma, puis ferma la partie qui cachait le foyer
lumineux.

— Vous avez le flacon ? — demanda Verdier.

— Oui. — Il ne vous reste plus qu'à m'ouvrir la
porte du jardin.

— Suivez-moi...

LIII

Le fils d'Aimée Joubert et le faux abbé Méryss quittèrent de nouveau la maison et descendirent dans le jardin.

Verdier marcha droit à la porte de communication masquée par un rideau d'arbustes à feuillages persistants.

Il ouvrit cette porte avec des précautions infinies.

Une nappe épaisse de lierre barrait le passage du côté du pensionnat.

— Traversez adroitement cette végétation encombrante.... — dit Verdier. — Evitez autant que possible de briser des rameaux et de détacher des feuilles afin de ne point laisser de traces, — je ne refermerai point la porte et je resterai ici, sur le seuil... — A la moindre alerte un coup de sifflet... — c'est convenu ?...

— Oui... — répondit Maurice.

Le jeune homme se glissa comme un reptile au milieu des lierres qui se rejoignirent derrière lui.

La porte ainsi cachée était à peu près introuvable pour quelqu'un qui n'en aurait pas connu l'existence.

Une fois dans le jardin du pensionnat, Maurice fit halte et jeta un regard scrutateur autour de lui.

En même temps qu'il constatait une solitude absolue, il prenait un point de repère afin que rien ne vînt retarder sa fuite en cas d'alerte.

Satisfait des résultats de son examen, il s'avança sans hésiter vers les bâtiments du pensionnat.

Les fenêtres des dortoirs étaient éclairées par la faible lueur des veilleuses placées de distance en distance.

Cela n'effraya point le misérable.

Il eut soin de marcher dans l'ombre épaisse des arbres que projetait sur le sol la clarté de la lune.

Bientôt il atteignit l'espace découvert séparant le vieil hôtel de la partie boisée du jardin.

Cet espace était pavé.

Maurice le savait et il avait pris ses précautions en se chaussant de souliers dont les semelles de feutre assourdissaient complètement le bruit de ses pas.

De nouveau il prêta l'oreille.

Tout était silencieux.

Il se remit en marche et se dirigea vers la grande porte vitrée à deux battants qui s'ouvrait sur le large vestibule où commençait l'escalier conduisant aux étages supérieurs.

S'étant gravé dans la mémoire le plan tracé par Verdier, il n'avait pas un instant d'hésitation.

Résolument il posa sa main sur le bouton de la porte, le fit tourner avec lenteur, et l'un des battants s'ouvrit sans bruit.

Il entra et repoussa le battant, mais en ayant soin de ne le point fermer tout à fait.

Une obscurité profonde régnait dans l'escalier.

Maurice démasqua l'âme de sa lanterne sourde et, ne craignant plus de se heurter, gravit rapidement les marches en ayant soin de bien équilibrer le poids de son corps afin d'éviter tout craquement intempestif.

Il arriva sans encombre au troisième étage.

Là il fit halte au milieu du palier sur lequel s'ouvraient plusieurs portes.

Il les compta et alla droit à celle de la chambre de Simone.

La clef était à la serrure.

Maurice se pencha un instant vers l'huis, l'oreille collée contre le panneau et, retenant son haleine, il écouta.

Tout était calme à l'intérieur.

Pas un bruit, pas même un murmure.

Mettant alors la main sur la clef, il la fit tourner comme au rez-de-chaussée il avait fait tourner le bouton.

La porte s'ouvrit.

Le jeune homme entra dans la chambre après avoir caché le rayon lumineux de sa lanterne.

Simone dormait d'un sommeil profond.

Dans le silence de la nuit Maurice entendait sa respiration égale et calme.

Après avoir laissé deux ou trois secondes s'écouler, il fit jouer sa lanterne sourde de manière à produire un léger filet de lumière, suffisant pour le guider sans éveiller la jeune fille.

Il la vit, ses bras nus et blancs reposant sur le

lit, sa jolie tête noyée dans ses cheveux épars, et dormant avec un sourire aux lèvres.

Maurice sentit un frisson courir dans ses veines.

Il s'approcha cependant de la couche virginale, s'agenouilla sur le petit tapis qui servait de descente de lit, tira de sa poche l'écrin contenant le flacon d'acide prussique, ouvrit cet écrin, plaça la partie supérieure du flacon sous les narines de la jeune fille et pressa le ressort.

Le corps tout entier de Simone vibra, comme sous une violente décharge d'électricité.

Ses bras se soulevèrent, ses yeux s'ouvrirent, puis les bras retombèrent inertes, les paupières s'abaissèrent de nouveau et la respiration s'arrêta.

— Elle est morte... — se dit Maurice après avoir posé sa main sur le cœur qui ne battait plus.

Il renferma son flacon dans l'étui de maroquin noir, puis, fouillant la poche de côté de son vêtement, il en tira un papier plié en quatre qu'il plaça dans le tiroir de la table de nuit.

— De cette façon, — murmura-t-il, — on saura qui elle est, ce qui est indispensable car nous aurons besoin de son extrait mortuaire...

Le papier déposé dans le tiroir par le misérable était l'acte de naissance de la jeune fille, acte qui la faisait connaître sous le nom de Simone, fille naturelle de Valentine Dharville et de père inconnu.

Ceci fait, il reprit sa lanterne, sortit de la chambre, referma la porte et descendit.

Verdier l'attendait toujours au même endroit, derrière le rideau de lierre.

— Eh ! bien ? — lui demanda-t-il.

— C'est fait... — répondit Maurice en se glissant de nouveau à travers la nappe de verdure.

Les deux hommes rentrèrent dans le petit hôtel.

Presque au moment où ils venaient d'en franchir le seuil, un coup de sonnette retentit à la porte de la cour.

— C'est Van Broecke ! ! — dit Verdier avec joie, — je respire enfin !...

Dominique s'était empressé de traverser la cour et d'ouvrir.

Lartigues parut et se hâta de rejoindre les deux complices qui l'attendaient avec une si grande impatience.

Comme il l'avait fait quelques minutes auparavant, Verdier demanda :

— Eh bien ?

De même que Maurice, Lartigues répondit :

— C'est fait...

Il ajouta :

— Et d'un seul coup... — Tout va-t-il bien ici?

— Tout va bien.

— Simone?

— Elle est morte.

— Bravo !

— Vous voyez, — dit Maurice, — que mes calculs étaient exacts.

— C'est vrai ! — répliqua Lartigues. — Vos prévisions se sont réalisées de point en point... — A onze heures précises le comte est arrivé, sa lettre à la main, demandant M. Marchais et mademoiselle Simone... — Je l'ai fait entrer, je lui ai dit que Simone attendait dans la pièce voisine, j'ai ouvert une porte, j'ai reculé par politesse afin de le laisser passer le premier et, aussitôt derrière lui, je lui ai planté mon couteau entre les deux épaules... — Il a fait : — *Ouf!* et il est tombé sur le nez... — Ce pauvre comte était mort...

— Et la lettre? — dit vivement le faux abbé Méryss. — J'espère bien que tu ne lui as pas laissé la lettre?

— La voici... — fit Lartigues en posant un papier sur la table. — Brûlez-la...

Maurice la jeta dans le feu.

Lartigues reprit :

— Maintenant, nous allons nous reposer; — je suis brisé de fatigue.

— Moi aussi... — dit Maurice. — Nous dormirons d'un bon sommeil, car la besogne accomplie cette nuit nous assure la tranquillité d'esprit... — Maintenant, voulez-vous me permettre de vous donner un bon conseil?

— Sans doute...

— Eh! bien, cloîtrez-vous ici, et ne mettez ni l'un ni l'autre les pieds dehors, jusqu'au jour où vous partirez pour l'Angleterre...

— Le conseil est bon, en effet, et nous le suivrons... — dit Lartigues... — Cependant je dois aller demain au bureau de la rue d'Enghien, retirer une lettre que j'attends de Londres...

— J'irai à votre place... — fit Maurice... — Notre intérêt commun exige que vous ne vous montriez pas dans Paris.

— Soit, mais alors prenez ceci...

Et Lartigues, fouillant dans son portefeuille, en tira une enveloppe qu'il tendit à Maurice, puis il ajouta :

— C'est l'enveloppe d'une lettre que j'ai déjà

prise à ce bureau... — Celle qui s'y trouvera demain portera la même adresse... — Vous n'aurez donc qu'à montrer celle-ci pour qu'on vous remette l'autre...

— A merveille ! — dit Maurice, en mettant l'enveloppe dans sa poche.

— J'aurais besoin d'avoir la lettre de Londres le plus tôt possible... — reprit Lartigues.

— Soyez paisible... — Je ne vous ferai point attendre... — Je viendrai vous l'apporter ici aussitôt après avoir passé au bureau de poste...

— A merveille !...

— Maintenant, bonne nuit et à demain... — Entre les millions et nous il n'y a plus qu'un obstacle, un frêle obstacle qui dans huit jours aura disparu...

Lartigues conduisit le jeune homme jusqu'à la porte de la rue, où ils se quittèrent en échangeant une poignée de main et en répétant :

— Bonne nuit, et à demain !...

LIV

Nos lecteurs n'ont pas oublié sans doute que madame Rosier avait pris une voiture à la station de la place du Château-d'Eau, place de la République aujourd'hui, en disant au cocher :

— Vingt francs pour vous si vous me conduisez en dix minutes au numéro 9 du quai des Orfèvres.

Le cocher avait répondu :

— Préparez le jaunet... — J'ai un cheval neuf... Nous allons filer comme le vent...

Et son cheval, vigoureusement fouetté, était parti à une allure de trotteur pur sang.

En dix minutes moins quelques secondes le fiacre arrivait à l'endroit indiqué.

Le chef de la sûreté se trouvait chez lui et n'était pas encore couché.

La policière monta rapidement, dit son nom au domestique et ajouta :

— Dépêchez-vous de prévenir votre maître... il y a urgence...

Il nous semble superflu d'affirmer qu'elle fut immédiatement introduite.

En la voyant, le chef de la sûreté s'écria :

— Chère madame, qu'y a-t-il donc ?

— Des choses énormes... — Vite à la préfecture... — Il nous faut des hommes et Lartigues est à nous...

— Mais dites-moi...

— Ici pas un mot... — Les minutes valent des heures... — Je vous expliquerai tout en route...

Le chef prit son chapeau et suivit la policière.

A la préfecture on réunit douze hommes de service et l'on partit pour le boulevard du Temple.

Dans le trajet du quai des Orfèvres à la préfecture, Aimée Joubert raconta brièvement ce qui s'était passé depuis deux heures, et elle eut grand soin de terminer son récit par cette phrase :

— Vous voyez, monsieur, qu'en vous demandant de faire surveiller le quartier du faubourg Saint-

Honoré, je vous demandais une chose utile...

Le magistrat savait bien que madame Rosier avait raison, — il ne répondit pas.

En arrivant à l'extrémité de la rue Turbigo, près du boulevard, Aimée Joubert fit arrêter la voiture qui amenait les agents.

Ceux-ci descendirent.

— Meunier, — dit le chef de la sûreté à un inspecteur, — vous allez prendre quatre hommes avec vous et aller au numéro 18 de la rue Béranger, c'est le derrière du numéro 41 du boulevard du Temple... — Je connais la maison, elle a deux issues... — Vous garderez ce côté-là sévèrement et vous tiendrez la main à ce que personne ne sorte... — Avertissez le concierge et faites faction sous le péristyle... — C'est l'entrée de l'administration de l'ancien théâtre Déjazet.

— Bien, monsieur... — répondit l'inspecteur.

Et il partit avec quatre hommes afin d'exécuter les ordres de son chef.

Celui-ci, accompagné par madame Rosier et par les autres agents, gagna le boulevard.

Sylvain Cornu et Galoubet n'avaient pas quitté leurs postes.

— Y a-t-il quelque chose de nouveau? — leur

demanda le chef de la sûreté en s'approchant d'eux.

— Non, monsieur... — répondit Galoubet. —
Rien n'a bougé... — Il n'est point sorti...

— Vous en êtes sûr?...

— Parbleu oui, j'en suis sûr, n'ayant pas un
instant perdu de vue la sortie.

— Alors nous le prendrons au gîte.

Le chef de la sûreté se dirigea vers la porte du
numéro 41.

Elle était close.

Autour de la maison les passants devenaient
rares. — Le spectacle était fini, — les cafés se fer-
maient.

Le chef heurta deux ou trois fois la porte avec sa
canne, en disant entre ses dents :

— Je crois me souvenir qu'il n'y a pas de concierge de ce côté, mais Meunier m'entendra frapper
et il enverra.

A ce moment précis, une fenêtre s'ouvrit au premier étage et un locataire parut.

Le magistrat, entendant du bruit, leva la tête et
dit :

— Vous êtes chez vous, monsieur, je suppose...

— Oui, monsieur.

— Ce corps de logis n'a point de concierge?

12.

— Non, monsieur... — Il n'y a que celui de la rue Béranger pour les deux portes.

— Vous nous rendriez un véritable service, monsieur, en prenant la peine de nous ouvrir, ou de nous faire ouvrir...

— Mais, monsieur, — dit le locataire étonné, — à quel titre me demandez-vous ça, et pourquoi voulez-vous entrer ?...

Le chef de la sûreté allait donner une explication. Galoubet l'en empêcha.

— Inutile, monsieur, — fit le detective, dont l'oreille était d'une finesse prodigieuse, — j'entends des pas dans l'intérieur... On vient par ici...

En même temps la porte s'ouvrait.

L'inspecteur ayant trouvé le concierge debout lui avait donné l'ordre d'aller ouvrir du côté du boulevard au chef de la sûreté.

La porte ouverte, le chef entra avec madame Rosier et les agents et dit au concierge :

— Vous savez qui nous sommes ?

— Oui, monsieur.

— Vous savez ce que nous venons faire...

— Je ne le sais pas, mais je le devine... — Il s'agit certainement d'une descente de police... — Seu-

lement il m'est impossible de comprendre à quel
propos cette descente...

— Vous allez le savoir... — Meunier, — ajouta
le chef en s'adressant à l'inspecteur, — rejoignez
vos hommes et veillez bien...

L'inspecteur obéit.

— Maintenant, — dit le magistrat au concierge, —
quels sont les gens qui habitent le corps de bâtiment donnant sur le boulevard?

— Nous n'avons que trois locataires, monsieur...
un par étage...

— Et, ces locataires?

— Au troisième un fabricant de bronzes, dont les
ateliers sont rue Amelot... — Il est à Londres depuis
huit jours... — Au second c'est un rentier qui loge
ici depuis plusieurs années quand il est à Paris...
Mais il voyage presque toujours... — Il est arrivé
ce matin...

— Comment l'appelez-vous?

— M. Marchais...

— Il n'a pas d'autre nom?

— Du moins je ne lui en connais pas d'autre...
— Ses quittances de loyer sont faites à ce nom-là,
et il paye son terme recta... Jamais une demi-heure
de retard... — Un bien brave homme...

— Et vous dites qu'il est arrivé ce matin ?

— Oui, monsieur...

— D'où ?

— De voyage, naturellement...

— Mais, savez-vous de quel endroit?

— Non, monsieur... — M. Marchais est un particulier qui ne raconte point ses affaires... et il a
raison...

— Est-il chez lui ?

— Je n'en sais rien...

— Comment? — Vous ne l'avez donc pas vu
rentrer ce soir ?

— Non, monsieur, — il passe rarement du côté
de ma loge, — il a une clef de la porte du boulevard, comme chaque locataire de ce corps de logis.

— Les logements de ce corps de logis correspon-
dent-ils avec ceux des autres bâtiments de la cour?

— Non, monsieur... — Quoiqu'étant mitoyens
ils sont indépendants les uns des autres...

— C'est bien... — Veuillez nous conduire au logement de M. Marchais...

Le concierge avait une lampe à la main.

Il passa le premier et s'engagea dans l'escalier.

— Allumez vos lanternes... — commanda le chef
de la sûreté aux agents.

Ceux-ci tirèrent aussitôt de leurs poches de petites lanternes sourdes semblables à celle dont nous avons vu Maurice se servir, et les allumèrent.

On arriva au second étage.

Le chef s'approcha de la porte que nous connaissons et sonna d'une main vigoureuse.

On entendit la sonnette résonner violemment à l'intérieur.

Après quelques secondes d'attente, un profond silence ayant succédé aux vibrations de la sonnette, le chef de la sûreté secoua pour la deuxième fois le cordon.

Personne ne répondit.

— Faudra-t-il donc faire sauter la serrure ? — murmura le magistrat, les sourcils froncés.

Et il carillonna de nouveau, d'une main colère.

Madame Rosier ne respirait plus.

— S'il était ressorti... — balbutia-t-elle.

— Nous allons le savoir... — dit le chef, puis il ajouta, en s'adressant à l'un des agents : — Gentil, ouvrez cette porte.

— Mais, monsieur, — s'écria le concierge, — je ne puis laisser faire cela...

— Ordre du parquet... — Je prends tout sur

moi... — Le mandat dont nous sommes munis doit être exécuté... — Gentil, obéissez...

L'agent tira de sa poche un trousseau de clés et de crochets, et il introduisit dans la serrure un passe-partout.

Après quelques hésitations le passe-partout tourna et la serrure grinça.

Évidemment le pêne venait de jouer dans la gâche.

Gentil appuya sur la porte pour l'ouvrir.

Elle résista.

— Diable ! — dit-il — les précautions sont prises et bien prises... — Le particulier qui est là dedans a poussé les verrous...

— Que l'on fasse une pesée, et que l'on arme les revolvers, — commanda le chef de la sûreté.

Trois agents, appuyant en même temps leurs épaules sur la porte, opérèrent ensemble une forte pesée.

Un craquement se fit entendre.

Le bois se fendit, les gâches des verrous sautèrent et la porte s'ouvrit violemment.

Les agents, le revolver au poing, se précipitèrent aussitôt dans l'intérieur.

La policière et le chef de la sûreté les suivaient.

Le concierge de la maison, un flambeau à la main, et tremblant de tous ses membres, venait derrière eux.

On traversa une première pièce servant d'antichambre.

Celui des detectives qui marchait en tête, ouvrit une porte, franchit le seuil d'un salon et s'arrêta en poussant une exclamation sourde.

A l'instant même le salon fut envahi.

Un corps inerte était étendu sur le tapis ensanglanté.

— Un homme assassiné!! — s'écria madame Rosier.

Elle s'agenouilla pour voir le visage de cet homme, et brusquement elle se releva avec un geste d'horreur.

— Le comte Yvan!... — dit-elle d'une voix rauque. — Le comte Yvan!...

Le chef de la sûreté se pencha vers le corps.

Une sueur glacée mouillait ses tempes.

— C'est lui! c'est bien lui!... — Lartigues a passé par là!... — Cherchez! Cherchez partout!... — Les verrous étaient poussés en dedans!... L'assassin doit être ici!

LV

Les agents se ruèrent dans l'appartement, à l'ex--
ception de Sylvain Cornu qui se mit à genoux à
son tour à côté du prétendu cadavre et appuya sa
main sur la place du cœur.

— Cet homme n'est pas mort!... s'écria-t-il. —
Le cœur bat...

— Oui, c'est vrai, grâce à Dieu! — fit madame
Rosier qui s'était rapprochée. — Il me semble voir
remuer ses lèvres... les paupières se soulèvent... le
comte nous regarde... il nous voit...

Le jeune Russe venait en effet d'ouvrir les yeux...
Ses mains s'agitèrent.

Il se souleva lentement en s'appuyant sur ses
coudes.

— Un médecin... — fit-il d'une voix à peine distincte... — Mon compatriote... mon ami... Serge
Iwanow... Avenue de l'Opéra... numéro 7...

Yvan ne put ajouter un mot à ceux que nous venons de reproduire.

La force lui manqua.

Ses yeux se fermèrent et il retomba.

— Vite ! vite !... — commanda le chef de la sûreté. — Que l'un de vous prenne une de nos voitures et coure au numéro 7 de l'avenue de l'Opéra
chercher le docteur Serge Iwanow, de la part du
comte Smoïloff... et surtout qu'il le ramène...

Un agent partit aussitôt.

On plaça le Russe sur un lit, on lui enleva une
partie de ses vêtements et on chercha la blessure.

Elle était à l'épaule gauche, étroite, profonde en
apparence, et des gouttes de sang s'en échappaient
encore.

Un bandage rudimentaire fut appliqué sur la
plaie, et on disposa des oreillers sous l'épaule droite
du comte Yvan, pour soutenir le haut du corps.

Tandis que ceci se passait, les policiers fouillaient
l'appartement, mais les recherches restaient sans
résultat.

Ils vinrent rendre compte de leur déconvenue au

chef de la sûreté qui s'écria en frappant du pied avec colère :

— Nous échapperait-il encore?...

Se tournant vers le concierge il demanda :

L'appartement est-il pourvu d'un escalier de service ?

— Non, monsieur...

— Aucune autre issue, alors, que la porte donnant sur le palier?

— Aucune.

— Donc le misérable doit être encore ici, blotti dans quelque cachette... — Mille francs de gratification à qui le découvrira ! — Cherchez encore ! ! fouillez partout ! !...

Les agents se remirent en quête avec un redoublement d'ardeur, soulevant les tapis, explorant les planchers, mesurant l'épaisseur des cloisons, sondant les murs.

Aimée Joubert était pâle de fureur.

Soudain l'un des *numéros* de la brigade poussa un cri de triomphe.

Il venait de découvrir un endroit où la muraille sonnait le creux.

— Démolissez ! — commanda le chef de la sûreté.

On eut bien vite des marteaux, des pinces, et quelques minutes suffirent pour mettre à jour la cage de l'ascenseur.

Le concierge resta bouche béante devant cette découverte qui le stupéfiait plus que personne, lui qui depuis vingt ans habitait la maison et croyait la connaître de fond en comble.

La stupeur grandit encore quand il vit les agents faire mouvoir une bascule descendant du plafond et rendant visible un trou communiquant avec l'étage supérieur d'un autre corps de bâtiment, dans le logement de M. Martin.

On gagna ce logement en toute hâte...

Trop tard ! !

Lartigues, — nos lecteurs le savent déjà, — était hors de danger.

Le chef de la sûreté, dont l'accablement nous paraît plus facile à comprendre qu'à décrire, se laissa tomber sur un siège, la tête basse.

Madame Rosier s'approcha de lui.

— Courage, monsieur, — murmura-t-elle à son oreille.

— Courage? — répéta-t-il en relevant la tête, — Qu'espérez-vous donc maintenant ?...

— Ce que j'espérais hier... — J'ai promis... —

Je tiendrai ma promesse... — Il est plus de minuit, c'est donc aujourd'hui mercredi... — Attendez à ce soir...

En ce moment revint l'agent expédié à l'avenue de l'Opéra.

Il ramenait avec lui le docteur Serge Ivanow.

*
* *

A l'aube du jour succédant à cette nuit sinistre madame Rosier était debout chez elle, s'habillant rapidement.

Six heures du matin venaient de sonner.

Elle se préparait à se rendre rue Meslay où les deux hommes promis par le chef de la sûreté devaient la rejoindre.

Le terrible incident de la veille au soir l'épouvantait.

Le comte Yvan avait été attiré dans un traquenard par Lartigues, frappé par Lartigues, et Lartigues lui échappait de nouveau ! !

Le doute était rentré dans son âme...

Elle se demandait si la fatalité ne conspirait point contre elle et si, cette fois encore, elle n'al-

lait pas échouer lamentablement dans son entreprise suprême...

La pauvre femme se laissa tomber à genoux et fit
monter vers Dieu une prière ardente, lui demandant de l'accompagner, de la soutenir, de lui donner le succès, puisqu'elle combattait pour la justice...

Le premier effet de cette prière fut de lui rendre
un peu de calme.

Elle se releva, fortifiée, et elle se mit à prendre la
tasse de chocolat que sa servante lui servit.

Madame Rosier s'était séparée du chef de la sûreté au moment où on transportait le comte Smoïloff, toujours évanoui, chez M. de Gibray qui allait
être chargé de procéder à une enquête venant se
réunir au dossier volumineux relatif à la double
affaire du Père-Lachaise et de la rue Montorgueil.

— Lartigues ne va-t-il pas nous échapper une fois
de plus ? — murmurait-elle. — Ne renouvellera-t-
on point contre moi les accusations d'inertie et
d'incapacité?

La policière achevait son déjeuner frugal lorsqu'une coup de sonnette se fit entendre à la porte
de l'appartement.

Un instant après Maurice entrait, souriant et la figure joyeuse.

— Toi, si matin, cher enfant ! ! — s'écria madame Rosier en embrassant son fils.

— Cela vous étonne ?

— Un peu...

— J'ai quitté mon chez moi de bonne heure et j'ai voulu venir vous dire un petit bonjour... — Il me semble que de votre côté vous vous disposiez à sortir ?

— Oui... — répondit Aimée Joubert avec embarras, — j'ai à faire des courses pressantes...

— Pour obéir comme toujours aux ordres de la préfecture... — dit le jeune homme d'un ton plein d'amertume.

— Que veux-tu, mon enfant ! je suis comme le soldat... — J'ai une consigne... je dois m'y soumettre...

— Ne quitterez-vous donc jamais cette existence de fatigues et de dangers ?

— J'ai l'espoir, au contraire, de la quitter bientôt...

En entendant ces paroles, Maurice tressaillit...

— Bientôt ?... — répéta-t-il.

— Oui.

— Ne dites-vous point cela pour me rassurer?...

— Non, je te le jure!

— C'est donc que vous êtes sur le point de réussir?...

— Peut-être aurai-je terminé ce soir la tâche que je me suis imposée pour ton bonheur...

Maurice pâlit en demandant.

— Ce soir? — En êtes-vous certaine?...

— On ne peut sans folie avoir une certitude en matière de police... Mais j'ai confiance en Dieu qui me guide, et le succès me paraît assuré...

— Vous êtes sortie des ténèbres qui vous entouraient?...

— Oui.

— Vous tenez la piste des misérables vainement poursuivis par vous jusqu'à ce jour?

— Je le crois.

— Vous êtes au moment de les atteindre et de les frapper?

Madame Rosier fit un signe affirmatif.

Le jeune homme poursuivit d'une voix émue :

— Avez-vous donc trouvé leur demeure?

— Ah! — s'écria la policière, — si cela était, ils seraient déjà dans les mains de la justice!!

— Mais alors, vous en êtes encore aux recherches?...

La policière eut un geste d'impatience.

— Oui, aux recherches... — répondit-elle. — Ne m'interroge pas, je t'en prie, il me serait impossible de te répondre, et apprends-moi si ta visite matinale n'a pas d'autre motif que le désir de m'embrasser...

— Et aussi de vous rappeler que demain soir je signe mon contrat de mariage... Il est convenu que ce jour-là vous dînerez rue de Verneuil.

— J'aurai sans doute beaucoup à faire demain, — répliqua madame Rosier, — et je ne sais si je pourrai dîner chez M. Bressolles... — En cas d'impossibilité absolue de ma part, tu te chargerais faire agréer mes excuses et tu annoncerais mon arrivée pour le moment de la signature du contrat.

— Eh quoi! — s'écria Maurice. — Vous manqueriez au dîner qui sera plus qu'un repas de fiançailles... — Tout le monde s'étonnera de votre absence...

— Il se peut que je sois libre.

— Arrangez-vous pour l'être.

— Songe que je ne m'appartiens pas encore tout entière.

— Du reste, — ajouta le jeune homme, — je vous verrai demain dans la journée...

— C'est cela... — Maintenant il me faut te quitter, car j'ai un rendez-vous auquel je n'arriverai point sans retard.

— A demain, alors, ma mère!...

— A demain, mon cher enfant!...

La policière embrassa de nouveau Maurice, et il partit.

13.

LVI

Le jeune homme en s'éloignant songeait aux paroles de sa mère, et se demandait s'il devait véritablement leur attribuer l'importance qu'elles semblaient avoir.

La réflexion le rassura.

Il se dit que la policière cherchait toujours dans le vide et que, se croyant au moment d'atteindre son but, elle s'égarait, cette fois encore, sur une fausse piste.

Le misérable avait une telle confiance en sa propre habileté qu'il se regardait comme imprenable, introuvable, invulnérable, à l'abri même d'un soupçon.

Après avoir donné quelques ordres à sa servante, madame Rosier se fit conduire rue Meslay.

Galoubet, Sylvain Cornu et les deux agents envoyés par le chef de la sûreté l'attendent.

Ils étaient vêtus tous les quatre de leurs costumes habituels, très simples mais très propres.

La policière jugea convenable de ne les point faire déguiser et sortit en leur compagnie en leur recommandant de marcher derrière elle, deux par deux, comme des gens qui vont à leurs affaires.

Ils obéirent et la suivirent silencieusement.

On gagna le faubourg Saint-Denis et la rue d'Enghien, et on arriva en face du grand bureau de poste de cette rue.

— Attendez-moi... — dit madame Rosier à ses hommes, du geste plutôt que de la voix.

Elle entra seule dans le bureau, s'approcha de l'un des guichets et demanda :

— Monsieur le receveur est-il visible ?

— Je ne sais pas, madame... — répliqua l'employé à qui elle s'adressait et qui, — chose rare, presque invraisemblable, — était poli.

— Comment le savoir ?

— Veuillez frapper à la porte de son bureau...

— Où se trouve cette porte, je vous prie ?

— Sur votre gauche, au fond de la salle.

— Merci, monsieur.

La policière se dirigea vers la porte indiquée et frappa.

— Entrez !... — cria une voix depuis l'intérieur.

Elle ouvrit, franchit le seuil, et à la question du receveur demandant quel était le motif de sa visite elle répondit en se nommant, en exhibant sa carte d'agent de la sûreté, en expliquant ce qu'elle désirait.

Le receveur se mit à sa disposition avec empressement, se leva, l'introduisit dans le bureau de service des employés, et se dirigea vers celui à qui incombait la distribution des lettres adressées *poste restante.*

— Avez-vous, — lui demanda-t-il, — une lettre venant d'Angleterre sous la rubrique *I. J. K.* 50?

L'employé feuilleta un assez gros paquet de lettres qu'il tira d'un casier placé devant lui, et dit ensuite :

— Oui, monsieur, — la voici...

— Eh bien ! — reprit le receveur, — vous allez laisser madame se placer près de vous de manière à ce qu'elle ne soit point aperçue de la personne qui viendra réclamer la lettre, mais de manière à ce

qu'elle puisse voir cette personne... — Soyez tout
à ses ordres. — Affaire d'administration...

— Bien, monsieur.

Madame Rosier remercia le receveur, qui la laissa
dans le bureau et sortit.

— Je vais donner des instructions à mes hommes
et je reviens m'installer auprès de vous... — dit
Aimée Joubert.

— Faites, madame...

La policière sortit et rejoignit ses quatre agents.

Les fenêtres du bureau de poste donnent sur la
rue d'Enghien.

Aimée Joubert avait remarqué que le guichet auquel on devait venir réclamer la lettre aux initiales
I. J. K. 50 touchait au vitrage dépoli et que par
conséquent elle-même serait placée tout près de ce
vitrage.

— Écoutez-moi, — dit-elle à Galoubet, à Sylvain
Cornu et aux deux autres. — Je vais vous assigner
des postes que vous ne devrez quitter sous aucun
prétexte avant que moi-même je vous relève de
faction...

— Bien, patronne...

La policière poursuivit :

— Vous, Galoubet, et vous Sylvain, vous allez

vous placer devant la devanture, l'œil et l'oreille au guet... — Lorsque je frapperai trois coups contre le vitrage, c'est que la personne venue pour réclamer la lettre d'Angleterre aura cette lettre en sa possession et sera prête à sortir... — Aussitôt l'un de vous appellera les deux agents qui seront toute la journée dans une voiture en face du bureau... — Je sortirai alors, derrière le possesseur de la lettre, et je vous le désignerai...

— Bien, patronne...

— Ainsi, c'est compris, — dit Galoubet, — vous frapperez trois coups à la vitre...

— On nous fera signe, — ajouta l'un des agents de renfort. — Nous descendrons de voiture et nous empoignerons la personne que vous nous désignerez.

— C'est parfaitement ça... — Trouvez vite une voiture, prenez-la à l'heure et faites-la stationner ici...

Un des hommes courut à la station du boulevard Saint-Denis et il en ramena un fiacre à quatre places dans lequel il s'installa avec son collègue.

— Sommes-nous ici pour longtemps ? — demanda le cocher.

— Peut-être bien...

— Alors on va se mettre au courant des nouvelles en grillant une *bouffarde*.

Et le cocher, en disant ce qui précède, allumait sa pipe et dépliait le *Petit Journal*.

Aimée Joubert, ayant placé son monde comme elle le voulait, rentra dans le bureau de poste et vint reprendre sa place près de l'employé, en vue du guichet où on devait venir réclamer la lettre arrivant de Londres.

*
* *

Dans l'institution de madame Dubief la cloche invitant les pensionnaires à se lever tintait à six heures du matin.

Au jour où nous sommes arrivés, le concierge chargé de mettre cette cloche en branle s'était acquitté à l'heure habituelle de sa fonction quotidienne.

A six heures et demie les élèves descendaient aux salles d'étude, et les ouvrières logées au dehors entraient dans le pensionnat.

Simone avait l'habitude d'être toujours la première à la lingerie.

Les subordonnées furent donc très surprises de ne pas la voir à son poste comme de coutume en arrivant.

A huit heures elle n'avait point encore paru.

Les ouvrières s'en étonnaient de plus en plus et commençaient à s'en inquiéter.

— Elle s'est peut-être rendormie... — dit l'une d'elles qui se nommait Justine et que nous avons vue trottant dans les dortoirs avec Simone, qu'elle aidait à mener à bien sa besogne du samedi. — Si on allait s'en assurer?...

— Va frapper à sa porte, toi, — répliqua une seconde ouvrière, — et si elle s'est rendormie, réveille-la... — Madame la gronderait si elle savait que nous ne l'avons pas encore vue, et elle est trop bonne fille pour qu'on ne lui évite point des ennuis...

— Tu as raison... — J'y vais...

Justine courut à la chambre de Simone.

Elle frappa doucement d'abord, ne reçut pas de réponse; frappa plus fort, toujours inutilement et, craignant d'être indiscrète en entrant chez la jeune fille, quoique la clef fût comme toujours à la serrure, elle regagna la lingerie.

— Eh bien? — demandèrent les ouvrières, — vient-elle?

Justine secoua la tête :

— Certainement elle n'est pas dans sa chambre... — répondit-elle, — j'ai frappé assez fort et assez longtemps pour la réveiller dix fois... — Bien sûr que madame l'aura envoyée en course ce matin...

L'explication était vraisemblable.

On ne s'occupa plus de Simone et les lingères se mirent à la besogne comme si elle avait été présente.

Avant de se rendre dans les salles d'étude pour le travail du matin, les enfants entraient au réfectoire où on leur servait une légère collation.

A onze heures elles y retournaient pour un déjeuner plus sérieux, et les employés de la maison prenaient ensuite leur repas à l'office.

La cuisinière, constatant l'absence de Simone, demanda où était la lingère.

Justine répliqua :

— Nous ne l'avons pas vue ce matin... — Nous supposons que madame l'a envoyée dehors...

— C'est probable en effet...

On ne songea plus à la jeune fille.

Vers deux heures le facteur du quartier, en
tournée pour sa distribution, sonna à la porte du
pensionnat et, en même temps qu'une lettre pour
madame Dubief, il en remit une autre à l'adresse
de Simone.

La concierge porta la première lettre à l'institutrice qui se trouvait en ce moment dans la pièce
lui servant de bureau, et se dirigea ensuite vers les
étages supérieurs afin de remettre la seconde épître
à destination.

Elle franchit le seuil de la lingerie où les ouvrières travaillaient en chuchotant et, faute de
surveillance, chuchotaient plus qu'elles ne travaillaient.

— Est-ce que mam'selle Simone n'est pas là ?
— demanda la bonne femme.

— Non, et elle doit être sortie... — fit Justine, —
nous ne l'avons pas vue aujourd'hui...

— Pas vue!... sortie!! — répéta la concierge
étonnée. — Je vous garantis, moi, que mam'selle
Simone n'est point du tout sortie... — C'est moi
qui ouvre la porte, et personne ce matin n'a mis
les pieds dans la rue, excepté mon homme qui est
allé payer les contributions.

— Possible, — répliqua Justine, — il faut bien

cependant que mam'selle Simone soit quelque part, puisque j'ai frappé à sa porte et qu'elle n'a poin répondu...

— Êtes-vous entrée dans sa chambre?

— Non...

LVII

— Vous n'êtes pas entrée dans la chambre? — s'écria la concierge... — Il fallait y entrer, sapristi!... — Je parierais, moi, que mam'selle Simone dort encore...

— A deux heures de l'après-midi!! — répliqua Justine.

— Et pourquoi donc pas? — Dame!... on était fatigué de l'autre nuit, où l'on s'était autant vaut dire point couché... — Je vas la réveiller...

La bonne femme se dirigea vers la chambre de Simone, se garda bien de frapper à la porte, fit tourner la clef et entra brusquement.

La jeune fille était étendue dans la même position où nous l'avons laissée au moment du départ de Maurice.

— Croyez-vous qu'elle dorme d'un riche sommeil? — fit Dorothée en la voyant immobile et les yeux clos. — Eh bien ! elle peut se vanter d'en prendre à son aise, la chère enfant...

A deux reprises elle appela :

— Simone?... Mam'selle Simone?...

La lingère ne répondit pas.

Dorothée s'approcha du lit, se pencha et prit la main de la jeune fille.

Soudain elle se redressa en poussant un cri rauque et recula presque jusqu'à la porte.

Son visage offrait une expression d'indicible terreur.

Elle avait trouvé la main de Simone froide comme du marbre, — froide comme la main d'un cadavre.

En entendant le cri d'épouvante poussé par Dorothée, les ouvrières de la lingerie étaient accourues tout effarées, sans savoir pourquoi.

La concierge, les yeux hagards, les membres agités d'un tremblement convulsif, leur indiquait du geste le corps de Simone.

— Mon Dieu... Seigneur... qu'est-ce qu'elle a? —

bégaya Justine qui, dans son effroi, pouvait à peine parler.

— Morte!... — dit Dorothée d'une voix sourde.

Justine s'élança vers Simone.

Ses mains pressèrent la chair glacée.

A son tour elle recula terrifiée.

Cependant elle ne perdit point la tête et s'écria :

— Vite! vite!... qu'on aille prévenir madame du malheur qui vient d'arriver...

Une des ouvrières s'élança dans l'escalier, le descendit comme une trombe et courut au bureau de l'institutrice.

Madame Dubief devint livide en apprenant la terrible nouvelle.

Elle gravit aussi rapidement que lui permit son âge déjà mûr les marches conduisant aux étages supérieurs, et ce fut avec un véritable désespoir qu'elle crut constater, elle aussi, la mort de la pauvre enfant.

Il lui fallut néanmoins maîtriser sa douleur pour songer aux ennuis de toute sorte qui fatalement seraient le résultat de cette catastrophe imprévue et foudroyante.

A quelle cause attribuer la mort subite d'une jeune fille de vingt ans, en pleine santé?

Il importait de savoir cela tout d'abord.

En conséquence, madame Dubief donna l'ordre d'aller chercher le médecin habituel de la pension, et de prévenir le commissaire de police.

Une heure après arriva le médecin, juste en même temps que le commissaire de police accompagné de son secrétaire.

Ils furent conduits ensemble à la chambre de Simone.

Madame Dubief et Justine se tenaient au chevet du lit, priant.

Près d'un bénitier, dans lequel trempait une branche de buis, brûlait un cierge.

En voyant entrer le médecin et le magistrat, l'institutrice les salua et leur dit :

— Vous me voyez désolée, messieurs... — Cette chère enfant, qui m'inspirait la plus vive affection, vient d'être trouvée morte dans son lit.

— Vous avez eu raison de nous faire appeler, madame, — répondit le commissaire; — aussitôt que le docteur aura procédé à ses constatations, je dresserai procès-verbal du décès et j'y joindrai l'exposé des faits que vous voudrez bien m'indiquer... D'abord et avant tout la mort est-elle certaine?

— Malheureusement, oui... — répliqua le médecin qui venait de procéder à un examen rapide.
— Le décès doit remonter au commencement de la nuit dernière...

— A quelle cause l'attribuez-vous?

— A une congestion cérébrale.

— A l'âge de cette jeune fille les congestions sont rares.

— Rares, oui, mais non sans exemples... — Vous en avez la preuve sous les yeux.

— Je vais donc rédiger mon procès-verbal qui ne contiendra que quelques lignes, la mort étant reconnue par vous naturelle. — Madame Dubief voudra bien me donner le nom et les prénoms de cette enfant.

— Elle se nommait Simone... — dit l'institutrice.

— De son prénom, sans doute, mais le nom de famille?

— Je ne le connais pas et elle ne le connaissait pas elle-même...

— Comment cela?

— Simone était une enfant naturelle, confiée immédiatement après sa naissance à une nourrice du village de Vic-sur Braisne.

— Par qui ?

— Par un homme qui ne s'est point nommé et n'est pas revenu...

— Vous êtes certaine, madame, que cette jeune fille ignorait le nom de son père et celui de sa mère ?

— J'en suis certaine...

— Voilà qui complique la situation... — fit le commissaire...

— En quoi ?

— En ce que, ne pouvant dresser qu'un acte incomplet, je suis obligé d'en référer au procureur de la République...

— Mon Dieu, — demanda madame Dubief avec effroi, — cette mort va-t-elle donc nécessiter ici une enquête ?

— L'enquête, madame, est inévitable, mais elle se fera très sommairement et n'amènera nul éclat fâcheux dans votre maison... — J'enverrai ce soir mon rapport au parquet... — L'enquête aura lieu demain et, je vous le répète, elle sera de peu de durée...

Le docteur et le commissaire prirent congé de l'institutrice que cette affaire et ses suites préoccupaient d'une façon très pénible.

Justine resta dans la chambre pour veiller au chevet du lit.

Madame Dubief redescendit à son cabinet.

Tel était son trouble qu'elle avait oublié de parler au commissaire de la lettre remise par le facteur pour Simone, lettre qu'elle avait serrée dans sa poche après l'avoir reçue des mains de la concierge.

Elle s'en souvint et donna l'ordre au mari de Dorothée de la porter immédiatement au bureau du commissaire de police.

*
* *

Maurice, en quittant sa mère, était allé chez un joaillier en renom de la rue de la Paix, faire emplète de quelques bijoux qu'il se proposait d'offrir à sa fiancée au moment de la signature du contrat.

Les achats terminés il alla les déposer chez lui, et se rendit ensuite à la rue de Verneuil où on l'attendait pour déjeuner.

Marie Bressolles montrait un visage tranquille, quoique son âme fût singulièrement tourmentée.

Elle avait la force de dissimuler sous une apparence de calme les préoccupations de son esprit.

Une chose surtout l'inquiétait.

Pourquoi Simone ne lui donnait-elle pas de ses nouvelles ?

Le matin même elle avait prié son père de lui écrire.

C'était la lettre de M. Bressolles que la concierge montait à Simone et qui avait amené la fatale découverte.

Après déjeuner on alla faire un tour au Bois en voiture et vers quatre heures on rentra rue de Verneuil.

Maurice, en route, s'était souvenu que l'abbé Méryss l'avait chargé d'une commission, et la chose était trop grave pour qu'il fût possible de la remettre au lendemain.

Il devait aller chercher au bureau de poste de la rue d'Enghien et porter à l'hôtel de la rue de Suresnes la lettre de Michel Brémont qu'attendaient les associés.

En conséquence il prétexta une affaire urgente pour quitter sa fiancée, et il partit en annonçant qu'il reviendrait dîner.

Le matin, en s'habillant, il avait oublié de prendre l'enveloppe que l'abbé Méryss lui avait donnée la veille et qui devait lui servir à se faire remettre celle qu'il irait chercher rue d'Enghien.

Il se fit donc conduire chez lui afin de se munir de cette enveloppe.

On dînait à sept heures à l'hôtel Bressolles.

Le fils d'Aimée Joubert pouvait facilement se rendre rue d'Enghien, puis rue de Suresnes, et arriver longtemps avant l'heure du repas chez son futur beau-père.

Nous avons quitté madame Rosier au moment où, après avoir placé ses hommes et leur avoir donné une consigne, elle venait de s'installer dans l'intérieur du bureau de poste, attendant l'heure où viendrait se prendre au piège tendu, soit Lartigues, soit Verdier, soit un de leurs complices par qui on arriverait bien vite à eux...

La policière, en proie à d'indescriptibles angoisses, se désolait de voir le temps passer et personne ne venir...

A midi ses hommes avaient déjeuné à la hâte, *sur le pouce*, debout sur le trottoir ou assis sur les coussins de leur fiacre, se morfondant non moins que celle qui les commandait, et attendant le signal convenu.

Beaucoup de gens allaient et venaient dans le bureau de poste, faisant opérer des chargements, touchant des mandats, affranchissant des lettres, achetant des timbres, demandant des renseignements, etc.

Galoubet et Sylvain Cornu suffisaient à peine à étudier la physionomie des entrants et des sortants.

L'impatience nerveuse et les angoisses de madame Rosier grandissaient pour ainsi dire de minute en minute.

A quatre heures, elle pensait :

— Ils ne viendront pas... — Peut-être ont-ils des soupçons... — Sans doute ils vont m'échapper encore... — Ah! si cela était, Dieu ne serait pas juste ! !...

Mille pensées sinistres assaillaient son esprit.

Le doute entrait de plus en plus dans son âme.

14.

LVIII

Cinq heures sonnèrent...

Rien !... — Toujours rien !...

Sa montre à la main madame Rosier comptait les minutes qui lui paraissaient durer autant que des heures.

L'employé près duquel la policière se trouvait assise lui dit d'un ton de condoléance :

— Le temps vous paraît bien long, madame...

— Oui !... oh ! oui !...

— Je comprends ça... — Quand on attend, ça n'en finit pas ! — J'ai dans l'idée que votre homme ne paraîtra pas aujourd'hui, et que vous serez obligée de revenir faire ici demain une nouvelle station...

— A quelle heure ferment vos bureaux ?

— A huit heures.

— D'ici à huit heures on peut se présenter...

— Ça, c'est vrai... — Faudra-t-il remettre de suite la lettre à celui qui la demandera?...

— Oui, immédiatement... sans hésitation... de manière à ce qu'aucun soupçon n'ait le temps de naître dans l'esprit de l'individu... — J'ai pris mes précautions à l'extérieur... — Qu'il vienne seulement... il ne nous échappera pas... j'en réponds!

Au moment où la policière achevait cette phrase un homme, dont on ne voyait par l'ouverture du guichet que la poitrine, se présenta, une enveloppe à la main, et demanda :

— Avez-vous, monsieur, une lettre expédiée bureau restant, à cette adresse?...

— *I. J. K.*50, oui, monsieur... — dit l'employé, — la voici...

Et il tendit à la personne qui la demandait la lettre placée à côté de lui.

Madame Rosier, en entendant la voix qui venait de parler, avait été prise d'une sorte de vertige.

Elle se baissa rapidement pour voir le visage de l'homme attendant au guichet.

Une convulsion secoua son corps comme sous la décharge d'une pile électrique fortement chargée.

Ses yeux devinrent hagards; ses lèvres tremblè́-
rent; elle voulut crier, mais aucun son ne s'échappc
de sa gorge serrée...

Elle battit l'air de ses deux bras et tomba lourde-
ment à la renverse auprès de l'employé stupéfaiḷi

Pendant ce temps Maurice gagnait la rue, remontait dans la voiture qui l'avait amené, et s'éloignait
sans être suivi.

Dans la partie réservée du bureau de poste on savait ce qui devait se passer et l'on comptait sur li
spectacle émouvant d'une arrestation.

Aussi quand l'employé prononça ces mots : —
I. J. K. 50, *oui, monsieur...* — toutes les têtes se
tournèrent vers madame Rosier.

Le spectacle ne fut pas celui qu'on attendait.

On vit la policière trembler, devenir livide ϵ
tomber.

On s'empressa de la secourir.

Une crise nerveuse tordait ses membres; — unʊ
respiration haletante soulevait sa poitrine; — ellḷ
râlait.

— Cette femme doit avoir une attaque d'épilep-
sie... — dit quelqu'un. — Il faut appeler bien viṭi
ses agents qui sont dans la rue...

Un facteur sortit.

Sylvain et Galoubet entrèrent aussitôt.

— Qu'y a-t-il donc? que s'est-il passé? — demanda l'un d'eux.

— Je n'en sais rien... — répondit le préposé au guichet de la poste restante. — On est venu demander une lettre adressée à des initiales désignées d'avance : *I. J. K.* 50, et au moment où je remettais cette lettre à l'individu, madame s'est abattue comme si on lui avait coupé les jambes.

— Tonnerre! — s'écria Galoubet. — L'homme est parti, et la patronne n'a pas donné le signal convenu!...

— C'est à recommencer... — dit philosophiquement Sylvain Cornu. — Pas de chance tout de même...

Galoubet reprit :

— Faut mettre *illico* la patronne dans la voiture et la conduire chez elle...

Madame Rosier était toujours secouée par des frissons nerveux.

Une écume rougeâtre venait à ses lèvres.

— Vous feriez bien d'appeler un médecin, — conseilla l'un des employés, — la pauvre femme me fait l'effet d'en avoir bigrement besoin...

Sylvain et Galoubet soulevèrent madame Rosier

et la portèrent jusqu'à la voiture d'où les deux
agents venaient de descendre.

Ils s'installèrent en face d'elle sur la banquette
du devant et donnèrent l'ordre au cocher de les
conduire rue de la Victoire.

Le troisième agent grimpa sur le siège ; — le quatrième se suspendit aux ressorts, derrière la voiture. .

Quand madame Rosier eut été montée chez
elle et étendue sur son lit, Galoubet dégringola les
escaliers et prit ses jambes à son cou, comme il l
disait, pour aller chercher un médecin qui demeurait dans la maison voisine et qu'il ramena au bout
de cinq minutes.

Ce médecin examina la malade très attentivement.

— Madame vient d'éprouver une émotion violente, — fit-il ensuite, — il faut la saigner... —
qu'on me donne ce qu'il faut...

Madeleine tout effarée apporta des bandes, des
compresses, une cuvette.

Le docteur mit à nu le bras gauche, opéra une
ligature, exhiba sa trousse, prit une lancette et pi-
qua la veine.

Le sang coula d'abord goutte à goutte, puis jaillit avec force.

La policière ouvrit les yeux, mais les referma presque aussitôt.

Alors le médecin banda la saignée, il écrivit une ordonnance et la tendit à Madeleine qui pleurait près du lit de sa maîtresse.

— Ne vous désolez pas, — lui dit-il, — votre maîtresse ne court aucun danger...

— Bien vrai, monsieur ?...

— Je vous l'affirme... — Elle sera sur pied très rapidement... — Faites exécuter sans retard cette ordonnance... — Vous administrerez la potion à la malade de force s'il le faut, en lui écartant les dents ; — une pleine cuiller à bouche toutes les demi-heures, exactement, — vous m'entendez bien ?...

Ce fut Sylvain qui répondit :

— Oui, monsieur, toutes les demi-heures, c'est compris... — Nous allons rester près de madame, nous lui servirons de gardes-malades, et je me charge de lui entonner la potion... — Toi, — ajouta-t-il en s'adressant à Galoubet, — va faire préparer la chose...

— J'y vole...

Galoubet prit l'ordonnance des mains de Madeleine et sortit.

— Maintenant, — continua le docteur, — si ma-

dame reprend connaissance, il faudra l'empêcher
de parler... — C'est très important. — Je reviendrai ce soir... — Une cuillerée toute les demi-
heures, un rigoureux silence et ça ira bien...

Ayant ainsi formulé, il s'en alla.

— Puisque vous restez ici, vous n'avez pas besoin
de moi... — dirent les deux agents à Sylvain qui
répondit :

— Rien ne vous empêche de filer... — Seulement
allez prévenir de ce qui se passe le chef de la sûreté...

— C'est convenu... — Nous allons droit à la préfecture.

Restée seule avec Sylvain Cornu, Madeleine demanda :

— Mais enfin, que s'est-il passé ?

Le detective, qui s'était assis près du chevet de
la malade, répliqua :

— Quant à ça, ma brave femme, je ne pourrais
pas vous dire...

— Enfin, vous avez vu...

— Rien du tout...

— Vous savez quelque chose...

— Pas grand'chose... Votre maîtresse est tombée
tout à coup par terre comme une masse... et voilà....

— Où ça a-t-il eu lieu ?

— Dans la rue, sur le trottoir... — répondit Syl
vain sans hésiter, en ajoutant tout bas : — Les affaires de l'administration, vois-tu, ma vieille, ça ne
te regarde pas... — Motus et bouche close!...

On venait de sonner à la porte de l'appartement.

Madeleine courut ouvrir.

Galoubet revenait avec la potion et l'ordonnance.

La fidèle servante alla chercher une cuiller.

Sylvain exécuta, mais non sans rencontrer des
difficultés très grandes, la prescription du médecin.

Madame Rosier demeurait inerte, comme elle
l'avait été pendant de longues heures à la suite de
son accident de Saint-Maur-les-Fossés.

— Je vous laisse auprès de madame, — dit Madeleine aux deux hommes, — et je vais vous faire à
dîner... — Ça vous évitera de sortir...

— C'est ça... — Fameuse idée, ma brave femme !
— Allez à vos fourneaux et soignez le *frichti!*

Madeleine gagna sa cuisine.

— Enfin, qu'est-ce qui a pu se passer? — murmura Sylvain Cornu.

— Ma foi, mon vieux, je me le demande... — fit
Galoubet.

— Et tu ne te réponds pas ?

— Pas plus que toi...

— Faut qu'elle ait reçu un rude coup tout de
même..

— Ah ! dame ! oui, le coup du lapin...

— Pour sûr elle a cru tenir Lartigues... Ça lui a
fait trop d'effet...

— Le sang lui est monté à la tête, et patatras !....
plus personne...

— Pas de chance !... ah ! tonnerre, non, pas de
chance ! !

La demi-heure écoulée, Sylvain, avec l'aide de
Galoubet, souleva la tête de madame Rosier, lui
écarta les dents et lui fit prendre une cuillerée de
la potion ordonnée par le docteur.

Puis les deux hommes, causant à voix basse de
choses indifférentes pour tuer le temps, attendirent
sans trop d'impatience le dîner que Madeleine préparait à leur intention, et dont la bonne odeur
arrivant de la cuisine à la chambre à coucher, leur
faisait venir l'eau à la bouche.

— Quel joli coup de dent je vais donner ! — pensait Sylvain.

— Quel beau coup de fourchette je vais m'offrir !
— se disait Galoubet.

— Ces messieurs sont servis... — vint annoncer
Madeleine.

LIX

Maurice, en quittant le bureau de poste de la rue d'Enghien sans se douter du formidable drame que venait d'y déterminer sa présence, s'était rendu rue de Suresnes où Verdier attendait avec impatience la lettre de Michel Brémont.

Le faux abbé Méryss décacheta aussitôt cette lettre, et se servant de la grille habituelle il lut ce qui suit :

« Partez le même jour tous les trois par trois routes différentes pour vous rendre à Londres, munis des actes mortuaires bien en règle.— Tout va bien. »

— Allons, — dit Maurice en riant, — le voyage

au pays des millions est proche!! — C'est dans la
soirée de demain, vous le savez, mes bons amis,
que se signe mon contrat. — Huit jours après nous
serons à Londres...

— Demain vous verra-t-on? — demanda Lartigues.

— Non, mon cher capitaine.

— Pourquoi?

— Parce que la journée de demain sera consa-
crée tout entière à ma fiancée et aux affaires sérieuses...

— A après-demain, alors!...

— Ça, vous pouvez y compter... — Je viendrai
déjeuner avec vous...

Des poignées de main furent échangées et Maurice partit.

A sept heures moins dix minutes il arrivait à
l'hôtel de la rue de Verneuil.

Après un repas copieux, Sylvain Cornu et Galoubet étaient venus se réinstaller au chevet de
madame Rosier.

La policière se trouvait dans un état d'assoupis-
sement singulier, quasi comateux.

Les cuillerées de potion avaient été administrées
avec une régularité mathématique.

Les deux hommes et Madeleine tenaient sans cesse les yeux fixés sur le visage de la pauvre femme.

Ils étaient stupéfaits des ravages opérés en quelques heures par un mal que le médecin déclarait sans importance.

Les fils d'argent mêlés à l'épaisse chevelure brune semblaient plus nombreux.

Les traits étaient tirés.

Des rides profondes se creusaient dans les chairs du visage.

On eût dit un masque d'argile qu'une fournaise trop ardente vient de crevasser.

Dix heures du soir sonnaient au moment où le docteur revint faire la visite annoncée.

Il s'approcha de la malade, tâta le pouls, écarta la couverture et appuya son oreille sur la poitrine pour écouter la respiration.

— C'est bien... — fit-il ensuite. — Que reste-t-il de la potion?

Galoubet lui montra la fiole.

— Quatre cuillerées environ... — reprit le médecin ; — quand elles seront prises vous laisserez reposer la malade, mais vous ne la quitterez pas un instant... Ne vous étonnez point si elle demeure dans cet état jusqu'à demain, ne vous étonnez pas davantage si elle sortait de sa torpeur pour être prise d'un délire violent... — Ce délire serait de peu de durée et n'aurait aucune conséquence grave.

— Mais qu'est-ce qu'elle a eu, monsieur le docteur, pour changer comme ça en un clin d'œil?... — demanda Galoubet.

— J'ai déjà dit... — répliqua le médecin, qu'elle avait éprouvé une émotion terrible, résultant d'un chagrin poignant et imprévu, ou d'une grande épouvante...

Les deux hommes baissèrent la tête.

Ils cherchaient le mot de l'énigme.

Madeleine pleurait.

Le docteur se retira en annonçant qu'il ferait une nouvelle visite dans la matinée du lendemain.

— Maintenant nous allons nous arranger, — dit Sylvain ; — tu dormiras deux heures... je veillerai pendant ce temps-là... — Au bout de deux heures tu prendras ma place au chevet de la patronne et je prendrai la tienne, là, sur ce canapé.

La servante intervint.

— Il y a dans l'autre chambre un lit à votre disposition... — fit-elle.

— Non, non... — répliqua Sylvain. — Il peut

très bien dormir là... — Au moins, si j'ai besoin de lui, je l'aurai sous la main.

Madeleine retourna dans sa cuisine et Galoubet s'installa en chien de fusil sur le canapé, pour y goûter ses deux heures de repos.

La nuit fut calme.

Les deux agents se relayaient de la façon la plus régulière.

Madame Rosier resta plongée dans une lourde somnolence, qu'interrompirent seulement à de rares intervalles quelques mouvements convulsifs...

Vers cinq heures du matin la pauvre femme parut revenir à elle-même.

Elle promena autour de la chambre un regard encore vague et qui pourtant exprimait l'inquiétude.

Ses yeux se fixèrent sur Galoubet endormi.

Elle sembla se demander ce que signifiait sa présence.

Ses lèvres remuèrent.

A coup sûr elle allait parler.

Sylvain Cornu, se souvenant des recommandations du médecin, mit un doigt sur ses lèvres en disant avec vivacité :

— Défense de jaboter, patronne... — La consigne est de se taire...

Madame Rosier laissa retomber sa tête un moment soulevée, ferma les yeux et ne remua plus.

Elle demeura ainsi jusqu'au moment où Madeleine introduisit le médecin.

Il était neuf heures du matin.

— Eh bien ? — demanda le docteur, — la nuit s'est-elle bien passée ?

— La chère dame n'a pas bougé jusqu'à ce matin, — répondit Sylvain Cornu. — Au petit jour elle a ouvert les yeux... — Elle allait parler... — Je l'en ai empêchée... — Elle m'a regardé et elle s'est assoupie de plus belle...

— Aucun délire ?

— Pas le plus petit...

— Allons, cela va mieux encore que je ne l'espérais...

Le médecin tira de sa poche une fiole et pria Madeleine de lui apporter une cuiller.

— Alors, monsieur le docteur, — dit la fidèle servante, — vous trouvez madame aussi bien que possible ?

— Oui... — Le choc a été rude, mais la constitution robuste de votre maîtresse triomphera du mal...

Ayant ainsi parlé le médecin prit la cuiller, la remplit de potion et en fit absorber le contenu à madame Rosier, dont Galoubet soulevait la tête.

La policière ouvrit les yeux et avala le breuvage sans résistance.

Son regard s'attacha sur le docteur et à cette question :

— Comment vous trouvez-vous, madame? — Me voyez-vous? M'entendez-vous? Me comprenez-vous?

Elle répliqua d'une voix faible :

— Je vous vois... je vous entends... je vous comprends...

— Éprouvez-vous quelque malaise?

— Aucun que je puisse définir... seulement j'ai les membres brisés...

— Et la tête?

— Oh! la tête, elle est lucide, allez! — Je semblais dormir, mais je réfléchissais... oui, je réfléchissais... — quelle heure est-il?

— Près de dix heures...

— Dix heures!... Déjà... — Eh! bien, je vais me lever...

— Elle a le délire... — murmura Galoubet.

15.

— Vous lever ! — répéta le docteur ; — y pensez-vous ?...

— Certes, — j'y pense...

— Ce serait une folie...

— Non, car je dois être debout... J'ai bien des choses à faire et des choses très importantes...

— Vous souvenez-vous de ce qui a déterminé chez vous, hier, une sorte de congestion cérébrale ?...

Madame Rosier frissonna de tout son corps.

— Oui... — murmura-t-elle après un long silence. — Oh ! oui, je me souviens... — Il m'a semblé que je recevais un coup sur le crâne... — autour de moi tout a tourné... — je suis tombée...

Galoubet s'avança.

— Alors vous l'avez-vu ? — demanda-t-il vivement.

La policière attacha sur lui un regard d'une effrayante fixité.

— Je l'ai vu ? — répéta-t-elle ; — qui donc ai-je vu ?...

— Mais vous le savez bien...

— Encore une fois, qui donc ?

— L'homme à la lettre...

Les sourcils de madame Rosier se contractèrent ;; — sa figure devint encore plus livide.

— Oui... — balbutia-t-elle, — je l'ai vu.

— Vous l'avez reconnu?

— Oui...

— Et c'était?

— C'était Lartigues...

— Ah! malheur!... — Nous le tenions si vous
aviez donné le signal... mais rien ! rien ! tonnerre !... et il a filé !...

— Je vous répète que j'ai cru recevoir un coup
terrible sur la tête... — la nuit s'est faite autour de
moi... je n'ai pas eu le temps de donner le signal...

— Ainsi, — reprit le docteur — la congestion
cérébrale a été le résultat de la présence inattendue
d'un homme que vous nommez Lartigues ?

— Oui, c'est cela... c'est bien cela... — Cet
homme m'a fait du mal autrefois... — son apparition m'a foudroyée... — Mais c'est fini, je vous assure... — Me voici remise complètement... — Je
désire me lever. — Veuillez me laisser seule un
instant dans cette chambre et vous aurez la preuve
que ma vigueur est revenue...

— Eh! chère madame, je vous répète qu'après
la secousse violente subie par vous si récemment, il

est imprudent, et dangereux peut-être, de quitter votre lit...

— Eh bien! je commettrai l'imprudence... je braverai le danger, et d'ailleurs il n'existe pas... Je vous dis que je suis forte...

LX

Le docteur regardait avec étonnement madame Rosier, et se demandait si elle ne venait pas d'être soudainement frappée de folie.

Il fit un signe néanmoins à Galoubet et à Sylvain Cornu, et quitta la chambre avec eux.

Madeleine allait les suivre.

— Restez, ma fille, — lui dit la policière, — j'ai besoin de vous...

La servante revint auprès du lit.

Madame Rosier continua :

— Écoutez-moi bien, car je vais vous donner une consigne d'une extrême importance... — Ne quittez l'appartement sous aucun prétexte. — Si quelqu'un se présente et me demande, répondez que je suis sortie, — je ne veux voir personne... absolument personne...

— Pas même M. Maurice? — s'écria Madeleine.

— Pas même lui. — S'il vient, — (et je crois qu'il viendra), — vous lui direz qu'une affaire imprévue ne m'a point permis de l'attendre, mais que je serai ce soir rue de Verneuil à l'heure indiquée...

— Rue de Verneuil... — répéta la servante.

— Oui. — Vous avez bien compris et vous vous souviendrez?...

— Madame peut être tranquille... — Madame n'a pas autre chose à me commander?

— Non.

— Madame veut-elle que je l'aide à s'habiller?

— C'est inutile... je n'ai nul besoin d'aide... — Ainsi que je l'ai dit au médecin tout à l'heure, je suis forte...

Madeleine sortit.

Aussitôt seule Aimée Joubert rejeta ses couvertures et s'élança hors de son lit, mais elle chancela; ses jambes tremblantes se dérobèrent sous le poids de son corps; elle dut tomber assise et presque anéantie sur une chaise.

— Allons, femme, debout! — dit-elle à demi-

voix en faisant appel à toute son énergie. —
L'heure de la faiblesse est passée! — La volonté
donne la force!... — Ce qu'on veut, on le peut! —
Debout!... il le faut! je le veux!

. Plus pâle qu'un fantôme, le visage sombre, l'œil
fixe et plein de lueurs étranges, la policière se
dressa, marcha d'un pas lent mais ferme jusqu'à
une armoire qu'elle ouvrit, y prit un peignoir de
laine brune et s'en revêtit.

Par hasard ses yeux s'arrêtèrent sur une glace.

Elle se regarda et fit un geste de stupeur...

C'est à peine si elle reconnaissait son image...

Depuis la veille elle avait vieilli de dix années et
ses cheveux étaient presque blancs.

— Oui, — murmura-t-elle, — j'ai enduré le plus
poignant supplice que la fatalité puisse infliger à
une mère!... — Je me souviens... — C'est Maurice
qui est venu réclamer cette lettre maudite!... C'est
à Maurice qu'on l'a remise!... — Mon fils est affilié
à une bande d'assassins, et peut-être assassin lui-
même!!

Aimée Joubert, à cette pensée, frissonna de la
nuque aux talons et cacha sa tête dans ses mains
tremblantes.

— Non... non... — reprit-elle brusquement au

bout de quelques secondes. — C'est fou !... — c'est impossible... — Cet enfant qui m'embrassait hier encore en m'appelant sa mère... Cet enfant qui aime, qui est aimé, et pour qui se prépare un long avenir de bonheur paisible, ne saurait être un misérable, complice d'autres misérables... — Et cependant tout l'accuse !... — Je me souviens des paroles de Verdier à Saint-Maur-les-Fossés, sur les bords de la Marne... — On parlait de me supprimer... — « *Ce serait déjà fait,* — disait-il, — *si* UNE CONSIDÉRATION PARTICULIÈRE *n'avait pas retenu le bras de Lartigues. — Il faudrait qu'*UNE PERSONNE *ne puisse nous soupçonner...* » — C'était de Maurice qu'il était question... de Maurice en qui Lartigues a reconnu son fils et qu'il conduit au crime...

Après un instant de silence et de réflexion, Aimée Joubert poursuivit :

— Eh bien ! non ! — Je me révolterai même contre l'évidence !! — Si mon fils est devenu le complice de ces infâmes, c'est sans le savoir !... Il est inconscient du mal qu'il commet... Ses mains sont pures du sang versé... Il n'est pas... il ne peut pas être un assassin... — Mon Dieu, prenez pitié de moi !! Laissez-moi du moins le doute !... Permettez-moi d'oublier ces questions

qu'il m'adressait et dont le sens aujourd'hui me
paraît trop clair !... Permettez-moi d'oublier qu'il
était là, dans cette chambre, lorsque le comte
Yvan est venu m'apporter le bouton de manchette,
et qu'il a pu entendre... — Et cet homme, sortant
par une nuit de brouillard de la maison d'Octavie
assassinée !... oh !... c'est horrible !... c'est horrible !... — Tout se réunit contre lui. — Moi seule
je refuse de croire... — Si j'accusais mon fils, je
devrais le livrer !... Moi, sa mère !! — Allons
donc ! !...

Sous le coup de cette effroyable pensée, la
malheureuse femme chancela de nouveau, mais
pour la seconde fois elle triompha de sa défaillance.

— Il me faut d'autres preuves que celle-là... —
balbutia-t-elle. — Ma raison ne refuse point d'ad-
mettre qu'il ait agi sans savoir ce qu'il faisait, do-
cile instrument dans des mains habiles. — Qui
sait si ce Hollandais, ce capitaine Van Broecke...

Après avoir prononcé ce nom Aimée Joubert fit
un mouvement brusque. — Un peu de sang revint
à ses joues.

—Van Broecke... — répéta-t-elle par deux fois, —
quel est cet homme ? — Si c'était Lartigues ?... Lar-

tigues qui par haine pour moi compromettait vo-
lontairement mon fils, en oubliant qu'il est aussi
le sien... — Si cela était, Maurice serait innocent...

— Il faut que je sache... je veux savoir... je saurai...

Alors elle marcha fiévreusement vers la chambre
où se trouvaient le docteur, Galoubet et Sylvain
Cornu, et elle en ouvrit la porte.

En la voyant entrer, le médecin ne put retenir
une exclamation de surprise.

Sylvain et Galoubet frissonnèrent.

Le visage de la policière était celui d'une morte
échappée de la tombe, avec des lèvres blanches et
des yeux flamboyants.

— Docteur, me voici, — dit-elle, — vous voyez
que je suis forte...

— Mais, malheureuse insensée, — s'écria le médecin, — vous jouez votre vie !

Madame Rosier haussa les épaules.

— Eh bien ! quand cela serait ? — répliqua-t-elle
d'un ton de profonde indifférence. — C'est donc
précieux, la vie ?... — Et d'ailleurs, je vous l'affirme, je ne me suis jamais sentie plus de vigueur...

— Mais cette vigueur n'est que passagère... —

Vous la devez à la potion dont je vous ai versé tout
à l'heure une dose...

— Ne puis-je renouveler cette dose ?...

— Non seulement, vous le pouvez, mais je vous
engage à le faire...

— Galoubet !...

— Patronne ?...

—· Allez, je vous prie, chercher la fiole sur ma
table de nuit...

Le detective entra dans la chambre à coucher
d'où il rapporta la fiole et une cuiller.

— Ainsi, — demanda madame Rosier, — c'est
cette potion qui me donne de la force ?...

— Oui...

— Et je dois en prendre une cuillerée d'heure en
heure sans doute ?...

— Parfaitement !

— La fiole était presque pleine, il peut en rester
pour jusqu'à minuit, n'est-ce pas ?

— C'est calculé ainsi, mais l'effet du remède ne
sera plein et entier que s'il se combine avec du
repos... — Soyez donc raisonnable, dans votre
propre intérêt, et recouchez-vous...

— Je vous remercie docteur... j'obéirai... — Je

vais me jeter sur mon lit... — Sylvain et Galoubet viendront me parler tout à l'heure...

Le docteur fit quelques dernières recommandtions et se retira.

Madame Rosier regagna sa chambre, se coucha sans se déshabiller mais en s'enveloppant dans les couvertures, sonna Madeleine et lui dit d'introduire les deux hommes, ce qui fut fait aussitôt.

— Avez-vous déjeuné ? — leur demanda-t-elle.

— Non, patronne, pas encore...

— Je suis en train de préparer le repas de ces messieurs... — fit la servante.

— Eh bien, allez, et quand ce sera prêt venez les avertir...

— Oui, madame...

Madeleine sortit.

— Maintenant écoutez-moi... — reprit la policière en s'adressant à Galoubet et à Sylvain Cornu. — Vous avez compris qu'il s'est passé pour moi quelque chose d'extraordinaire et de terrible...

— Oh ! oui, patronne !... Il n'y a qu'à vous voir ! — Êtes-vous changée !

— Ce n'est rien... ça reviendra... — Répondez-moi avec franchise... — M'êtes-vous véritablement dévoués ?

— A me jeter dans le feu pour vous !... — dit Galoubet.

— Et moi dans l'eau !... — ajouta Sylvain.

Puis, tous deux en chœur :

— Patronne, c'est la vérité ! parole sacrée !

— Prouvez-moi donc votre dévouement...

— De quelle façon ?

— En ne me questionnant pas et en m'obéissant en aveugles...

— Nous sommes prêts... — Qu'est-ce qu'il faut faire ?

— Pouvez-vous vous procurer des fausses clefs, des crochets, et une pince-*monseigneur ?*...

Sylvain et Galoubet échangèrent un regard, et le premier répondit :

— Patronne, c'est facile... — Je connais un recéleur, qui, contre le dépôt d'une pièce de vingt francs, me prêtera tout un jeu de *caroubleur.*

Disons-le en passant, on donne le nom de *caroubleurs* aux voleurs de profession qui, à l'aide de fausses clefs, entrent partout, au hasard, et s'emparent des objets dont ils peuvent tirer un parti quelconque.

— Procurez-vous cela le plus tôt possible... — répliqua madame Rosier.

— J'aurai les objets dans deux heures... — Il ne
s'agit que d'aller les chercher...

— Vous irez donc après déjeuner...

— Bien, patronne...

— Que sont devenus les deux agents qui travaillaient avec nous hier ?

— Ils sont allés à la préfecture rendre compte de
votre accident...

LXI

Madame Rosier fronça les sourcils.

— A la préfecture... — répéta-t-elle. — Ils sont allés rendre compte... — C'est fâcheux... c'est très fâcheux...

— Dame ! ils ont cru bien faire... — murmura Galoubet.

— Mieux eût valu se taire... — Enfin j'ai pris mes mesures... — Ces deux agents reviendront-ils ce matin ?...

— Il ne l'ont pas dit...

— Alors que l'un de vous coure les prévenir que j'ai besoin d'eux, mais sans s'adresser au chef de la sûreté qui doit ignorer pour le moment ce que nous allons faire...

— Dans ce cas, pourquoi s'occuper de ces hommes?...

— Parce que nous aurons probablement des arrestations à opérer...

— Eh! bien, si nous n'étions pas en force, nous pourrions requérir des gardiens de la paix...

— Vous avez raison... — Les gardiens de la paix suffiraient au besoin...

— D'autant plus, — fit Sylvain Cornu avec un mouvement de torse plein de crânerie, — d'autant plus que Galoubet et moi nous sommes solides...

— Êtes-vous armés?

— Nous avons nos revolvers...

— C'est bien... — Occupez-vous seulement du trousseau de fausses clefs et de la pince-monseigneur...

A cette minute précise un coup de sonnette retentit dans l'antichambre.

On entendit le bruit de la porte qui s'ouvrit.

A ce bruit succéda un murmure de voix, puis la porte se referma.

Presque en même temps Madeleine entra dans la chambre de sa maîtresse.

— Qui était là? — lui demanda madame Rosier.

— M. Maurice... — répondit la servante.

— Ah !...

— Il a été bien contrarié de ne pas vous voir et il vous attendra ce soir où vous savez...

En entendant ces mots si simples la policière parut éprouver un effroyable angoisse, à en juger par sa pâleur et par la contraction de ses traits.

Sa tête retomba sur l'oreiller.

Elle ferma les yeux et de grosses larmes coulèrent de ses paupières abaissées.

*
* *

Nous étonnerons peu nos lecteurs en leur affirmant que tout était sens dessus dessous à la préfecture de police.

L'assassinat tenté sur la personne du comte Yvan Smoïloff-Kourawieff, la découverte du double et mystérieux appartement du boulevard du Temple et de la rue Béranger, redonnaient une actualité sinistre à l'affaire presque endormie du Père-Lachaise et de la rue Ernestine.

Le chef de la sûreté, le commissaire aux délégations, et le juge d'instruction Paul de Gibray, avaient passé la journée du mercredi, presque en-

VI.   16

tière, à fouiller les maisons voisines de celle où le comte Yvan était venu tomber dans un piège.

Les cerveaux se trouvaient en ébullition.

Les noms de *Marchais* et de *Martin* attribués aux locataires des deux appartements qu'un mécanisme habile mettait en communication, faisaient naître une complication nouvelle.

Ce *Marchais* et ce *Martin* étaient-ils un seul individu ou deux personnages distincts?

Ces personnages étaient-ils Lartigues et Verdier, ou du moins les associés de cette bande infernale à laquelle on devait l'assassinat du tombeau Kourawieff, l'assassinat de la rue Montorgueil, l'assassinat de la belle Octavie, maîtresse du comte Yvan, et enfin l'assassinat du comte Yvan lui-même?

On se perdait en conjectures...

L'épouvante régnait de tous côtés...

Les journaux criaient : Haro! sur la police qui laissait fonctionner librement en plein Paris une horde de bandits introuvables pour elle...

Paul de Gibray avait passé la nuit hors de son logis.

Le chef de la sûreté et le commissaire aux délégations étaient debout depuis quarante-huit heures.

Rien d'essentiel n'avait été relevé dans cette enquête minutieuse.

Rien ne venait éclairer la police...

Pas un indice... aucune piste à suivre...

Partout le même mystère, les mêmes ténèbres...

Brisés de fatigue physiquement, et moralement anéantis par la conscience de leur impuissance, les magistrats rentrèrent chez eux le jeudi matin, afin de prendre un peu de repos.

Les agents Masson et Grandchamp, après avoir ramené madame Rosier à son domicile, en compagnie de Galoubet et de Sylvain Cornu, s'étaient en effet rendus la veille au soir à la préfecture de police afin de rendre compte de ce qui s'était passé au bureau de poste de la rue d'Enghien.

Ils n'avaient trouvé personne à qui s'adresser utilement...

Toute la gent policière était au dehors, s'absorbant dans l'affaire du boulevard du Temple.

Force leur fut de se retirer sans avoir fait de rapport verbal.

Le lendemain matin ils revinrent.

Le chef de la sûreté n'avait point encore paru.

Les agents déposèrent un procès-verbal écrit que le secrétaire du chef de la sûreté promit de mettre sous les yeux de ce dernier le plus tôt possible.

Ce ne fut qu'à une heure assez avancée de la matinée que le chef et le commissaire aux délégations judiciaires firent leur apparition et se mirent en devoir d'expédier les affaires.

Les rapports s'entassaient sur le bureau.

— A-t-on vu madame Rosier? — demanda le chef à son secrétaire

Non, monsieur... — D'après le rapport des agents Masson et Grandchamp elle serait dangereusement malade...

— Dangereusement malade!... — Serait-elle tombée sous les coups des misérables que nous cherchons en vain?

— Non, monsieur...

— Alors qu'a-t-elle donc?

— Vous trouverez les détails de l'accident dans le rapport très circonstancié des agents...

— Où est ce rapport?

— Le voici...

Le chef de la sûreté prit des mains de son secrétaire le travail collectif signé des noms de Masson et de Grandchamp.

Il le lut avec une attention soutenue et un froncement de sourcils qui témoignait de son mécontentement.

— Encore ! — s'écria-t-il tout à coup en frappant du poing son bureau. — Une piste est trouvée, un traquenard est tendu et l'homme s'échappe !

» Ah ! çà, mais c'est donc une fatalité qui s'attache à cette affaire pour anéantir tous les plans et nous donner en toute occasion le rôle de dupes !...

» Madame Rosier ne m'avait point parlé de cela... — C'était sans doute la combinaison sur laquelle elle fondait de si grandes espérances qu'elle m'avait promis pour mercredi soir la capture de Lartigues lui-même ou tout au moins d'un de ses complices...

» Qu'allait-elle donc faire à ce bureau de poste ?...

» Elle filait une lettre, à coup sûr...

» Pourquoi cet évanouissement soudain ?

» Elle seule pourra me l'apprendre, et je vais le lui demander...

Le chef de la sûreté avait dit tout ce qui précède à demi-voix, en phrases hachées, que coupaient des interjections nombreuses.

Il ajouta, en se tournant vers son secrétaire :

— Qu'on aille me chercher une voiture vivement !...

16.

Le secrétaire sortit aussitôt pour donner des ordres.

Cinq minutes plus tard un garçon de bureau venait annoncer que la voiture attendait.

Le chef y monta en jetant au cocher l'adresse de la policière.

Arrivé rue de la Victoire, il sonna d'une main fiévreuse à la porte de l'appartement.

Madeleine vint lui ouvrir.

— Madame Rosier? — demanda-t-il.

Fidèle à la consigne, la servante répondit :

— Madame est sortie.

— Sortie !! — répéta le magistrat avec un haut-le-corps de surprise.

— Oui, monsieur...

— Mais elle était malade, disait-on... très malade...

— On exagérait... — L'indisposition était peu de chose... — La nuit a été bonne et madame est partie dès le matin...

— Pouvez-vous m'apprendre où elle allait ?

— Non, monsieur, car je l'ignore...

— Était-elle seule ?

— Non, monsieur... — Il y avait avec elle deux messieurs qui ont passé la nuit chez nous...

— Savez-vous le nom de ces deux messieurs?...

— J'ai entendu madame appeler l'un d'eux Galoubet...

— Galoubet...— murmura le chef. — C'est bien, je vous remercie...

Et il descendit rejoindre la voiture qui l'avait amené.

— Où allons-nous? — demanda le cocher.

— Rue d'Enghien...

— A quel numéro?

— Au grand bureau de poste.

La voiture partit.

En roulant le chef se disait :

— C'est étrange! — Hier, d'après le rapport des agents, on la rapportait mourante chez elle, et aujourd'hui la voilà sur pied, partie dès le matin avec Galoubet et Sylvain Cornu qui sont ses âmes damnées et lui obéissent mieux qu'à moi! Il y a, dans ce qui se passe, quelque chose d'incompréhensible, d'anormal, de suspect.

Et tout en réfléchissant, il secouait la tête d'une façon singulièrement expressive.

La voiture fit halte à la porte du bureau de poste.

Le magistrat franchit le seuil, demanda à parler

au receveur, et fut immédiatement introduit dans
le cabinet de ce dernier.

Là il se nomma et réclama des renseignements.

Le receveur le mit en peu de mots au courant de
toute l'affaire, en lui apprenant ce que les agents
Masson et Grandchamp ignoraient et n'avaient pu,
par conséquent, signaler dans leur rapport.

LXII

— Ainsi, — s'écria le chef de la sûreté très surpris, — elle attendait ici l'homme qui devait venir
chercher la lettre adressée poste restante !...

— Oui, monsieur... — répondit le receveur...

— Et je n'étais point averti d'une circonstance
qui nous livrait le misérable pieds et poings liés !!
—Instruit de ce qui se passait, j'aurais embusqué
dans la rue toute une brigade d'agents !... — Ce silence est bien étrange... — Enfin, l'homme est
venu ?...

— Oui, monsieur.

— Il a demandé la lettre ?...

— En présentant à l'employé une enveloppe
semblable à celle qu'il réclamait, oui...

— On la lui a donnée?

— Sans doute... — C'était chose convenue avec
la guetteuse... — On la lui a donnée en énonçant
tout haut la formule de la suscription...

— Et, alors?...

— Il l'a prise et il est sorti du bureau au moment ou la guetteuse, terrassée par une attaque de
nerfs effroyable, tombait à la renverse, ce qui a
motivé son transport immédiat à sa demeure...

— Aucun de vos employés n'a-t-il vu l'homme
qui venait réclamer la lettre?

— Pardonnez-moi, monsieur... — Sachant ce
qui se passait, deux ou trois d'entre eux se sont
baissés pour examiner à travers leurs guichets le
personnage...

— C'était un homme âgé, n'est-ce-pas?

— Mais non monsieur, pas le moins du monde...
c'était un jeune homme de vingt-trois ou vingt-
quatre ans à peine, et très beau garçon...

— De plus en plus étrange! — murmura le chef
de la sûreté. — La conduite d'Aimée Joubert me
paraît inexplicable... — On croirait que tout ceci
cache une trahison...

Puis, après avoir écrit sur un carnet les renseignements qu'il venait de recevoir, le magistrat se retira.

Vers six heures et demie il arrivait à la préfecture et se rendait immédiatement à son cabinet.

— Madame Rosier est-elle venue? — demandat-il à son secrétaire.

— Non, monsieur.

— Elle n'a rien fait dire?

— Absolument rien...

Le chef de la sûreté gagna le palais de justice et entra chez le commissaire aux délégations.

— Je vous attendais avec impatience. . — lui dit ce dernier.

— Auriez-vous par hasard des nouvelles de madame Rosier?

— Aucune, mais il ne s'agit pas de cela...

— De quoi donc, alors?

— De l'enquête que nous devons faire rue de la Ville-l'Evêque.

— A quel sujet?

— Au sujet de la mort subite d'une jeune fille qui était lingère dans un pensionnat et dont on ignore le nom. — Le commissaire de police m'a envoyé son procès-verbal, que je vous ai fait passer il y a deux heures en ajoutant que je vous atten-

dais... — J'ai fait prévenir aussi le juge d'instruction Paul de Gibray, car enfin rien ne prouve jusqu'à présent que la mort soit naturelle malgré le
rapport du médecin du quartier. — Nous emmène-
rons un médecin de la préfecture...

— Je viens de rentrer et mon secrétaire ne m'a
pas dit un mot de votre envoi... — Nous nous occu-
perons de cela tout à l'heure... — Pour le mo -
ment j'ai à vous entretenir d'une chose grave...

— Je suis tout à vous...

En ce moment on frappa à la porte du cabinet.

— Entrez... — ordonna le commissaire.

Un garçon de bureau parut.

— M. de Gibray, — fit-il, — demande à voir
monsieur le commissaire... il attend...

— Introduisez-le...

Le juge d'instruction franchit le seuil.

— Je vous en prie, — dit-il, — occupons-nous
tout de suite de cette enquête de la rue de la Ville-
l'Évêque. — Il est déjà tard et j'ai grand besoin
d'un peu de repos...

— Nous partons... — répliqua le chef de la sûreté. — Mais d'abord permettez-moi de régler brièvement une affaire importante...

Paul de Gibray s'inclina.

Le chef de la sûreté reprit en s'adressant à lui :

— Je suppose que vous non plus vous n'avez pas entendu parler aujourd'hui de madame Rosier?...

— Votre supposition est fondée... — Il est extrêmement rare, d'ailleurs, que j'aie des rapports directs avec cette personne...

— Moi, je ne me suis point occupé d'elle, — ajouta le commissaire. — Vous m'aviez dit qu'elle suivait une piste...

— Elle suivait une piste, en effet, — répliqua le chef de la sûreté avec une sourde colère, — seulement j'ignorais laquelle. — Elle s'était dérobée à mes questions... Elle voulait nous tromper tout à son aise...

— Nous tromper ! ! — répéta M. de Gibray.

— Parfaitement !

— Elle !... C'est impossible...

— Écoutez donc, et jugez...

Le chef de la sûreté raconta par le menu sa visite à la policière sortie dès le matin, et le résultat des investigations faites par lui au bureau de poste de la rue d'Enghien.

Les deux auditeurs étaient stupéfaits.

Quand il eut achevé, le juge d'instruction lui demanda :

VI.   17

— Que concluez-vous de cela ? Que croyez-vous ?...

— Je conclus à un manque absolu de franchise...
— Je crois que madame Rosier avait un intérêt à nous cacher ses projets, ses démarches, et que ce qu'elle a appris hier l'a disposée plus que jamais à la duplicité...

— Je vous comprends mal... — fit le commissaire.

— Il me serait difficile, impossible même, de formuler une accusation positive et motivée, mais j'ai la certitude qu'Aimée Joubert trahit nos intérêts au lieu de les servir...

— Il est certain que les présomptions ne lui sont pas favorables... — Que décidez-vous à son égard ?

— Je la placerai dès ce soir sous une surveillance rigoureuse, de manière à être tenu au courant de toutes ses démarches, et au besoin je la ferai arrêter par mesure administrative pour lui demander compte de ses agissements mystérieux et exiger une explication au sujet de l'affaire de la rue d'Enghien...

— La faire arrêter ! — répéta M. de Gibray.

— J'en ai le droit.

— Certes ! mais je trouverais la démarche im-

prudente et trop hâtive... — Rien ne prouve que
madame Rosier ne viendra pas d'un moment à
l'autre vous rendre compte de sa mission... —
Vous savez mieux que moi qu'assez souvent certains agents de la sûreté tiennent à garder par de-
vers eux le secret de leurs combinaisons jusqu'après
la réussite, et cela pour se ménager une jouissance
d'amour-propre... — Madame Rosier peut se trouver
dans ce cas... — Je conviens qu'il y a, du moins en
apparence, quelque chose d'anormal et de suspect
dans sa conduite, surtout en ce qui touche au
jeune homme de la rue d'Enghien dont la capture était si facile au guichet de la poste restante,
mais les choses qui semblent d'abord inexplica-
bles sont quelquefois toutes simples... — Donc,
croyez-moi, pas d'arrestation immédiate... — Con-
tentez-vous d'une surveillance rigoureuse...

— Peut-être avez-vous raison... pourtant je me
méfie... — Quel pouvait être le motif de la crise
nerveuse qui l'a terrassée au moment précis où elle
avait besoin de tout son sang-froid pour donner
un signal?... Cette crise a-t-elle été provoquée
par la vue de la personne qui venait chercher la
lettre ? — Elle devait connaître cette personne,
mais ne point s'attendre à la voir... — En la voyant

à l'improviste, stupeur, épouvante, congestion, et
le reste...

— C'est possible... — murmura de M. Gibray
pensif. — Quel pouvait-être ce jeune homme?

— Si c'était son fils... — répliqua le chef de la
sûreté.

Le juge d'instruction et le commissaire aux délégations frissonnèrent.

— Ce serait effroyable... — dit M. de Gibray. —
Heureusement rien ne prouve que cela soit!... —
Je crois que votre imagination vous abuse... —
Pourquoi vouloir rattacher à tout cela son fils, un
garçon bien élevé en somme et qui connaît à Paris
des gens du meilleur monde... — Existe-t-il contre
lui quelques indices accusateurs ?

— Pas le moindre à ma connaissance... — Mon
instinct seul me guide...

— Il vous fait faire fausse route...

— Un vieux limier comme moi ne s'égare
guère...

— Mais alors, si vos conjectures étaient fondées,
c'est le fils qu'il faudrait arrêter et non la mère...
— Or, vous convenez vous-même que vous ne possédez aucun indice de la culpabilité de ce jeune
homme ; donc vous ne pouvez agir contre lui et je

vous refuserais un mandat d'amener... — Demain
la lumière se fera... — Il est près de huit heures ;
donnez-moi le procès-verbal du commissaire du
quartier de la Pépinière, je le lirai et nous parti-
rons...

— Ce procès-verbal se trouve à la préfecture, dans
mon cabinet... — répliqua le chef de la sûreté. —
Je vais aller le chercher et je vous rejoindrai, à
moins que vous ne préfériez venir avec moi.

. . . .

Au moment où ceci se passait au palais de justice, c'est-à-dire à huit heures du soir, trois
hommes bien vêtus, — deux grands et un petit, —
gravissaient avec lenteur la pente escarpée de la
rue des Martyrs.

La nuit tombait.

On allumait les becs de gaz ; — les boutiques
s'éclairaient intérieurement.

Les trois personnages que nous venons de signaler étaient Galoubet, Sylvain Cornu et madame Rosier, difficilement reconnaissable sous un travestissement masculin.

Le visage de la policière offrait une pâleur mortelle.

L'altération de ses traits était effrayante.

La malheureuse femme chancelait presque à chaque pas, et semblait ne se tenir debout que par un miracle de la volonté.

Elle marchait cependant, sans s'arrêter jamais mais en s'appuyant au bras de Sylvain Cornu.

Galoubet les suivait.

Arrivés à peu près aux deux tiers de la rue des Martyrs, ils tournèrent à gauche et entrèrent dans la rue de Navarin.

Là, madame Rosier s'arrêta en face de la maison qu'habitait Maurice et où nous avons à plus d'une reprise introduit nos lecteurs.

LXIII

— Est-ce que nous sommes arrivés, patronne ?
— demanda Galoubet.

— Oui... — répondit la policière. — Vous voyez
cette maison où nous allons entrer... — un médecin, le docteur Chenu, occupe le troisième étage...
— Si la concierge nous interrogeait, la réponse
serait simple : — Nous allons chez le docteur
Chenu...

— Entendu... — fit Galoubet. — Je monterai le
premier...

— Et nous vous suivrons de près...

— A quel étage une porte à ouvrir ?

— Au troisième... — je vous la montrerai... — Il

sera très essentiel d'agir vite... on pourrait nous surprendre...

— Suffit... — on mettra les morceaux doubles...

La porte de la maison qu'habitait le fils d'Aimée Joubert était ouverte encore.

Galoubet franchit hardiment le seuil, passa devant la loge et s'engagea dans l'escalier sans qu'on lui adressât la moindre question.

Au bout d'une demi-minute madame Rosier et Sylvain Cornu le suivirent, et la concierge, très occupée d'un ragoût qu'elle préparait pour son repas du soir, ne daigna pas même les honorer d'un coup d'œil.

Ils arrivèrent à l'étage où Galoubet les attendait.

— C'est là... — dit la policière. — Faites vite !

— *Illico*, patronne !...

Puis Galoubet, tirant de sa poche un paquet de fausses clefs, choisit un *Rossignol*, l'introduisit dans la serrure, le manœuvra avec une adresse qui témoignait, hélas ! d'une longue pratique, et du premier coup ouvrit la porte.

Nos trois personnages entrèrent vivement et refermèrent sans bruit derrière eux.

Sylvain Cornu fit craquer une allumette et alluma la bougie d'un flambeau placé sur une table dans l'antichambre.

Les arrivants pénétrèrent ensuite dans la pièce qui se trouvait en face du carré.

C'était le cabinet de travail de Maurice, celui où nous avons vu le jeune homme, au début de ce récit, brûler ses vêtements tachés de sang, et dépouiller la mystérieuse correspondance trouvée dans le tombeau du Père-Lachaise et dans le portefeuille de l'homme assassiné rue Montorgueil.

En franchissant le seuil de cette pièce madame Rosier se sentit suffoquée par une invincible émotion.

Elle fut obligée de s'appuyer à un meuble pour se soutenir, tandis que ses yeux humides promenaient autour d'elle un long regard.

Chacun des objets frappant sa vue lui parlait de son enfant, de son fils adoré.

Là un livre ouvert posé sur le bureau et témoignant d'une lecture interrompue.

Ici une page à demi couverte d'écriture.

Ailleurs un gant qui gardait la forme de la main élégante sur laquelle il lui semblait voir des taches rouges...

Deux grosses larmes mouillèrent ses joues.

— Non ! non ! c'est impossible ! — murmura-t-elle en s'efforçant de se rattacher à l'espérance. — Je ne trouverai aucune preuve ici... — Maurice n'est pas coupable... il ne peut pas être coupable... il ne sait rien, il a été l'instrument inconscient, la dupe des misérables qui se servent de lui... — Maurice commettre un crime... ah ! jamais ! !

Sylvain Cornu et Galoubet attendaient en silence tandis que madame Rosier monologuait tout bas.

— Fermez les rideaux, — leur dit-elle, — afin que de la rue on ne puisse voir de la lumière dans l'appartement...

Galoubet et son compère s'empressèrent d'obéir.

La policière poursuivit :

— Maintenant il faut chercher ici dans les papiers tout ce qui pourrait se rapporter à Lartigues, à Verdier, au capitaine Van Broecke... — Il faut examiner les lettres à grille. — Visitez tous les tiroirs, forcez les serrures des meubles fermés à clef... découvrez les cachettes s'il en existe... — enfin fouillez partout...

Les deux hommes se mirent à l'œuvre aussitôt, et commencèrent avec une intelligente rapidité leurs opérations de furetage.

Madame Rosier s'assit devant le bureau de Maurice.

Sur ce bureau se trouvaient des carnets, des agendas.

Elle en prit un et le feuilleta sans découvrir quoi que ce soit de suspect.

Il contenait des notes, des dates, des noms, des adresses, des additions ; — rien de tout cela ne pouvait s'incriminer.

Un second, un troisième, n'amenèrent que des résultats négatifs.

Aimée Joubert en prit un quatrième.

C'était un petit agenda de poche, relié en chagrin rouge avec fermoirs d'argent.

Elle l'ouvrit.

Sa main commençait à trembler ; — des nuages passaient devant ses yeux ; — sa tête devenait lourde et s'emplissait de bourdonnements.

La policière ne s'illusionna point sur ces symptômes précurseurs d'une défaillance.

Elle tira de sa poche la fiole de potion que nous avons vu le docteur apporter rue de la Victoire, elle la déboucha, l'approcha de ses lèvres, et but une gorgée de son contenu.

La faiblesse qui s'emparait d'elle se dissipa tout

à coup, et ce fut d'une voix ferme qu'elle demanda
à Sylvain et à Galoubet :

— Trouvez-vous quelque chose ?...

— Rien qui mérite attention jusqu'à présent...
— répondirent les agents.

— Cherchez toujours... — ne vous découragez
point... — que pas un objet ne demeure inaperçu...

— Patronne, soyez paisible... — Nous passerons
une revue consciencieuse...

Et les deux hommes continuèrent leurs investigations.

Madame Rosier reprit l'agenda en chagrin rouge
tombé de sa main défaillante et l'ouvrit.

Un morceau de papier plié en huit s'en échappa.

La policière le saisit.

En le déployant il lui sembla qu'une lame de fer
rouge venait de lui brûler les doigts.

Elle le rejeta et poussa un cri étouffé.

— Oh ! Seigneur... Seigneur... Dieu de misé-
corde et de bonté, n'aurez-vous pas pitié de moi?...
— balbutia-t-elle. — Qu'ai-je vu? — Ce papier découpé, c'est une grille ; une grille semblable à celle
trouvée sur l'homme de la Morgue... une grille du
modèle qui m'a servi à déchiffrer la lettre venue de
Londres... — Je ne dois donc plus douter...

Mon fils est le complice de ces infâmes !... Le complice de Lartigues ! ! — Le complice de son père ! !...

Tout en disant ce qui précède, madame Rosier avait repris le papier découpé.

Elle achevait de le déployer et la grille accusatrice apparaissait tout entière.

— Maurice un assassin !... — bégaya madame Rosier d'une voix sourde. — L'évidence s'impose !... — Lartigues m'a pris mon fils, mais où le misérable l'a-t-il trouvé ?... A quoi l'a-t-il reconnu ? Comment s'est-il emparé de lui ?... — Oh ! je suis bien certaine maintenant de ne pas me tromper... Lartigues se cache sous le nom du capitaine Van Broecke... Et Maurice m'embrassait... m'appelait sa mère bien-aimée... Il prétendait admirer mon courage quand je lui ai révélé qui j'étais... quand je lui dit que je cherchais l'assassin du Père-Lachaise et de la rue Ernestine... que je traquais Lartigues... — Il m'écoutait en souriant... il ne frissonnait pas... Quel monstre ai-je donc mis au monde ?... Fils d'assassin, il devait être assassin comme son père... il n'a point failli à sa destinée...

Après un silence pendant lequel les angoisses d'une âme déchirée s'étaient peintes sur son visage, la policière reprit :

— Eh bien ! non, je ne crois pas encore ! ! — Tout me dit qu'il est coupable, et je lutte contre l'évidence, et je ne me sens point convaincue... — Que conclure de cette grille ?... — Sait-il ce que c'est, seulement ? — Ne se trouve-t-elle pas là par hasard ?... — Pour accuser, pour condamner, j'ai besoin d'autres preuves.

— Des preuves, en voilà, patronne, et des fameuses ! — s'écria Galoubet qui venait d'entrer, un paquet de papiers à la main. — Nous avons trouvé ça dans la doublure d'une malle...

La policière saisit les papiers, et d'une main fiévreuse les éparpilla sur le bureau devant elle.

Son émotion était si violente que d'abord elle ne se rendit pas bien compte de ce qu'elle lisait, mais peu à peu un calme relatif se fit dans son esprit... — Elle comprit...

Nos lecteurs savent déjà ce qu'elle avait sous les yeux.

C'étaient la correspondance prise dans le tabernacle du tombeau Kourawieff, le testament d'Armand Dharville, les notes concernant Simone et Marie les deux filles de Valentine Dharville, et de plus la lettre déchirée par Verdier dans le bois de Vincennes, lettre dont Maurice avait ramassé et rassemblé les morceaux, recomplétant ainsi l'écrit qui le mettait sur la piste de l'association de CINQ.

La policière ayant tout lu, se rendait compte de tout.

Elle revoyait le crime tel que son merveilleux instinct lui avait permis de le reconstituer, au début de l'enquête, en présence du juge d'instruction et du chef de la sûreté.

Mais ce qu'alors elle n'avait pu deviner et qui maintenant lui apparaissait lumineux, c'était le but des crimes commis.

Le testament et les notes d'Armand Dharville l'expliquaient de façon nette et catégorique.

On voulait supprimer les deux héritières, et c'est pour cela que Maurice épousait l'une d'elles !

La combinaison meurtrière sautait aux yeux.

Marie Bressolles vivait encore, mais qui sait si la pauvre Simone n'avait pas succombé déjà ?

La froide et monstrueuse cruauté des misérables épouvantait madame Rosier, glaçait le sang dans ses veines, faisait passer sur sa chair un frisson d'horreur...

Et l'un de ces misérables était son fils !...

LXIV

Madame Rosier aurait encore voulu s'efforcer de ne pas croire, mais il était à cette heure impossible de douter.

Comment Maurice s'était-il trouvé en rapport avec ces infâmes? — La malheureuse mère se posait cette question.

La lettre déchirée et recollée lui donna le mot de l'énigme.

Elle prit connaissance de cette lettre au moyen de la grille trouvée dans le carnet du jeune homme, et la vérité apparut...

Maurice avait réussi à s'emparer du secret des CINQ.

Pour avoir sa part des bénéfices il prenait sa part des crimes, et il choisissait, ou tout au moins il se laissait imposer la part la plus lourde, la plus monstrueuse.

Madame Rosier, en poussant jusqu'au bout sa terrible lecture, conservait une effrayante expression de calme.

Mais, en dépit de ce masque impénétrable, une formidable tempête s'agitait sous son crâne.

Elle plia les papiers et les mit dans une des poches de son vêtement d'homme, puis elle se leva.

Elle était d'une pâleur spectrale. — Seuls ses yeux restaient vivants dans sa figure de morte et brillaient d'un feu sombre.

— Eh bien, patronne, — demanda Galoubet en voyant madame Rosier debout, — avons-nous eu la main heureuse? — C'est-il les preuves que vous cherchiez?

— Oui, — répondit la malheureuse mère, — toutes les preuves...

— Chez qui sommes-nous donc ici, patronne, sans vous commander?

— Chez un complice de Lartigues et de Verdier, — fit la policière d'une voix sourde, — chez un infâme...

— Et, — continua Galoubet, — savez-vous où les prendre tous?

Madame Rosier tressaillit.

— Les prendre tous... — répéta-t-elle. — Oui... il faut les prendre... Ah! si j'avais l'adresse du capitaine Van Broecke!...

Elle se laissa retomber sur le siège quitté par elle un instant auparavant, reprit l'agenda d'où était tombé le papier à grille et se remit à le feuilleter, étudiant chaque indication écrite sur les pages.

— Enfin!... — cria-t-elle tout à coup.

Elle venait de lire ces mots, dont pour elle le sens était absolument clair :

« CAP. V. B. 22, R. DE SURESNES. »

Il semblait impossible de ne pas traduire ainsi cette note :

« CAPITAINE VAN BROECKE, 22, RUE DE SURESNES. »

— Je le tiens donc! — poursuivit la policière avec une expression de joie farouche. — Je vais donc arracher son masque et voir son visage!

Elle ajouta fiévreusement, en s'adressant à Sylvain Cornu :

— Quelle heure est-il?

Le detective interrogea la pendule placée sur la cheminée et répondit :

— Neuf heures et demie, patronne...

— Bien... — Vous êtes armés, je le sais, mais vérifiez vos armes... — Assurez-vous qu'elles sont prêtes à faire feu...

Et tandis que les deux agents obéissaient à cette recommandation, madame Rosier tirait elle-même de sa poche un petit revolver dont elle faisait jouer les ressorts.

Puis, satisfaite de son examen, elle le dissimula de nouveau.

— Nous n'avons plus rien à faire ici... — dit-elle — Partons...

Elle se dirigea vers la porte.

Avant de l'atteindre elle s'arrêta, jeta un dernier coup d'œil sur cet intérieur qu'elle venait de voir pour la première fois et qu'elle ne reverrait plus.

Ensuite, passant sa main sur ses yeux d'où s'échappait une larme, elle sortit vivement.

Sylvain et Galoubet la suivirent, après avoir éteint la bougie et refermé derrière eux les portes de l'appartement.

— Il faudrait une voiture... — murmura la policière en arrivant sur le trottoir.

— Nous en trouverons certainement à la station de la place Bréda... — fit Sylvain Cornu.

Nos trois personnages remontèrent d'un bon pas la rue de Navarin.

Plusieurs voitures stationnaient sur la place.

Madame Rosier fit choix d'un fiacre à deux chevaux, ouvrit la portière et monta en disant au cocher :

— Rue de Suresnes.

— Quel numéro ?

— Vous arrêterez au coin de la rue de Suresnes et de la rue d'Anjou.

— Suffit !

Les deux agents s'installèrent sur la banquette du devant.

Le fiacre roula.

A l'endroit indiqué, il fit halte.

Les trois voyageurs descendirent et s'engagèrent dans la rue de Suresnes.

— Sylvain ?... — fit madame Rosier.

— Patronne ?

— Vous allez vous rendre au poste de l'Élysée...
— Vous vous adresserez à l'officier de paix... —

Vous le prierez, de ma part, de venir immédiatement surveiller avec des agents le numéro 22...

— Suffit patronne, j'y cours...

Une idée nouvelle traversait l'esprit de la policière.

— Non... — dit-elle, — attendez... — Il faut voir
d'abord dans quelle sorte de maisons nous allons
agir...

Madame Rosier, accompagnée de ses sous-ordres,
se mit en marche et fit une halte en face du numéro 22.

— Un petit hôtel isolé... — dit-elle ; — c'est
bien... — Le tout est d'y entrer, et j'y entrerai...
— Faites ce que je vous ai ordonné... — Si vous ne
me trouvez pas ici à votre retour, c'est que je
serai dans l'hôtel... — Galoubet vous renseignera
du reste... — Les agents ramenés par vous devront
envahir l'hôtel à mon premier signal...

— Quel signal, patronne ?

— Un coup de revolver.

Sylvain partit en courant à toutes jambes.

Galoubet se plaça dans l'ombre d'une porte co-
chère, de l'autre côté de la rue.

Madame Rosier s'approcha de la porte du petit
hôtel et sonna résolument.

*
* *

Quittons pour un instant la policière et rejoi-
gnons le chef de la sûreté, le juge d'instruction
Paul de Gibray, et le commissaire aux délégations,
que nous avons laissés prêts à partir pour se rendre
au pensionnat de madame Dubief.

Il était près de neuf heures lorsque les voitures
qui emportaient les magistrats, un médecin de la
préfecture, le greffier du juge d'instruction et deux
agents, s'arrêtèrent rue de la Ville-l'Évêque à la
porte de l'institution.

L'un des agents mit en branle la chaîne de la
sonnette ; ce fut le concierge-jardinier, mari de
Dorothée, qui se hâta d'ouvrir.

A la vue des arrivants il comprit ce qu'ils venaient faire, et dit en saluant :

— Ces messieurs appartiennent sans doute au
parquet ?...

— Oui... — Annoncez-nous à madame Dubief...

— Si ces messieurs veulent bien prendre la peine
de me suivre, madame les attend avec impatience...

Les gens de justice accompagnèrent le concierge

jusqu'au cabinet de l'institutrice, qui se leva pour les recevoir en s'écriant :

— Que Dieu soit loué, messieurs ! vous voici !... Vous venez, n'est-ce pas, pour l'enquête au sujet de cette jeune fille qu'on a trouvée morte dans sa chambre ?

— Oui, madame... — répondit Paul de Gibray.
— Des affaires graves et imprévues nous ont empêchés de venir plus tôt... L'enquête sera courte et demain vous serez débarrassée de tout ennui..
— Veuillez nous conduire à la chambre de la morte.

Madame Dubieff prit une lumière et guida les magistrats.

Arrivée au troisième étage elle ouvrit la porte de la chambrette de Simone.

La jeune fille était étendue sur le lit comme au moment de la visite du médecin appelé pour la constatation du décès.

Son doux et charmant visage n'avait subi aucune altération.

On aurait pu la croire endormie sans sa pâleur livide et la rigidité de ses membres

Un petit crucifix d'ébène reposait sur sa poitrine virginale.

Deux cierges brûlaient dans la chambre, et près de la couche mortuaire une religieuse priait...

Les arrivants se découvrirent respectueusement.

Le médecin de la préfecture examina le corps et déclara la mort naturelle.

— Le décès a été constaté, — dit M. de Gibray en jetant sur Simone un regard attendri, — mais l'acte est incomplet, faute d'indications suffisantes... — Il importe de savoir à quelle famille appartenait la pauvre enfant, quel était son lieu de naissance, son âge, de reconstituer enfin autant que possible son état civil, et nous venons vous prier, madame, de nous aider à atteindre ce but en nous communiquant les renseignements qui peuvent se trouver en votre possession...

— Ces renseignements seront fort peu de chose, monsieur... — répondit madame Dubief; — je ferai néanmoins ce qui dépendra de moi pour vous aider à découvrir la famille de la chère créature que je regretterai toujours, car son cœur et son âme étaient angéliques...

— Connaissez-vous à cette jeune fille un autre nom que celui de Simone?

— Non monsieur... — J'ignore si elle avait le droit d'en porter un autre, et je crois qu'elle l'ignorait elle-même... — J'ai expliqué cela au commissaire de police de notre quartier, et il a dû le mentionner dans son procès-verbal...

— J'ai lu ce procès-verbal... — reprit Paul de Gibray. — Mademoiselle Simone était connue de M. Bressolles, ancien architecte et riche propriétaire... — Il s'intéressait à cette enfant, ainsi que le prouve une lettre de lui, jointe au procès-verbal, par laquelle il la priait de passer sans retard à son hôtel de la rue de Verneuil...

— Oui, monsieur... — M. Bressolles est le père d'une de mes anciennes pensionnaires... — C'est sur sa recommandation que Simone est entrée chez moi comme lingère, mais M. Bressolles ignorait le nom de famille de sa protégée, qui était aussi celle de deux jeunes gens honorables que vous connaissez sans doute de nom, un artiste célèbre, M. Gabriel Servet, et M. Albert de Gibray, le fils d'un magistrat très en vue et très estimé...

LXV

Le juge d'instruction regarda l'institutrice avec stupeur.

— Mais, madame, — dit-il ensuite, — Albert de Gibray est mon fils et M. Servet est mon ami... — Par eux j'obtiendrai sans doute des renseignements sur la famille de cette enfant, dont je n'avais jamais entendu parler, même sous le nom de Simone...

— C'est dans l'atelier de M. Servet que M. Bressolles a fait la rencontre de Simone... — ajouta madame Dubief.

— En dehors des personnes que vous avez citées, existait-il à Paris quelqu'un s'intéressant à cette pauvre fille?...

— Je ne le crois pas, monsieur... — Elle ne connaissait âme qui vive, sauf ses protecteurs, et ne sortait d'ici que pour aller les voir... Encore y mettait elle beaucoup de discrétion...

— En lisant le procès-verbal dressé par le commissaire de police de votre quartier, — reprit M. de Gibray, — j'ai remarqué qu'il ne faisait mention d'aucune recherche opérée dans les effets de la jeune morte et dans les meubles garnissant sa chambre... — Aurait-on négligé ces recherches qui pouvaient amener la découverte de papiers de famille importants?...

— En effet, monsieur, — répliqua l'institutrice, — on n'a fouillé nulle part...

— C'est une faute que nous allons, madame, réparer en votre présence... — M. le chef de la sûreté veuillez, je vous prie, faire visiter les meubles...

Le chef de la sûreté fit un signe à l'agent qui accompagnait les magistrats, et qui commença, séance tenante, une perquisition en règle dans tous les tiroirs.

Chaque fois qu'un papier lui tombait sous la main il le passait au juge d'instruction qui en parcourait le contenu.

Du secrétaire où aucune trouvaille ne fut faite l'agent passa à une commode de noyer sur laquelle se trouvaient placés avec symétrie une foule de ces petits objets sans valeur qui sont les *bibelots* du pauvre : boîtes en coquillages, verres dorés et ornés d'initiales comme on en peut gagner pour deux sous dans les fêtes champêtres des environs de Paris, petites statuettes pieuses en carton-pâte enluminé, cadres minuscules renfermant des chromolithographies, etc...

Dès l'ouverture du premier tiroir de cette commode une feuille de papier timbré pliée en quatre se trouva sous les yeux de l'agent qui la prit.

— Ah ! s'écria-t-il, après le premier coup d'œil, — voilà qui va nous éclairer complètement.

— Qu'est-ce donc ? demanda M. de Gibray.

— Un acte de naissance bien en règle... — Voyez...

Et il tendit le papier timbré au juge d'instruction.

Celui-ci le prit vivement et en commença la lecture.

Tout à coup son visage exprima la plus vive émotion ; — il pâlit ; — une sueur froide mouilla ses tempes.

D'une voix étranglée il balbutia :

— *Simone Dharville... fille de Valentine Dharville et de père inconnu... née à Paris... le* 15 *novembre* 1854...

Il s'interrompit, essuya son front humide et reprit, avec une sorte d'égarement :

— Le quinze novembre 1854... fille de Valentine Dharville et de père inconnu... oh ! mon Dieu ! ! quelle révélation... mais alors cette enfant...

Pour la seconde fois il s'interrompit, et s'approcha du lit.

Là il s'arrêta, les yeux fixés avec une expression d'effroyable angoisse sur le visage immobile qui semblait sculpté dans un bloc d'albâtre.

Sa poitrine se soulevait : — on eût dit que des sanglots difficilement contenus allaient jaillir de sa gorge.

Les témoins de cette scène regardaient le magistrat avec stupeur et ne comprenaient pas.

— Vous connaissez cette jeune fille ? — demanda au bout d'un instant le chef de la sûreté.

— Je crois la connaître... — bégaya M. de Gibray ne pouvant plus retenir ses pleurs. — Ces noms... cette date... mon cœur qui se brise et mes

18.

larmes qui coulent, tout me dit que je la connais...

— Qui donc était-elle ?

— Qui elle était, cette enfant que j'ai tant cher-
chée vivante, que j'aurai tant aimée, que j'aimais
tant sans la connaître et que je retrouve morte ? —
Qui elle était ? Elle était ma fille...

— Le magistrat se laissa tomber à genoux près
du lit funèbre, cacha son visage entre ses mains et
permit à ses sanglots d'éclater.

Un grand silence régna dans la petite chambre.

Chacun pensait à l'étrange fatalité qui réunissait
ainsi pour la première fois le père et la fille, et res-
pectait la douleur de M. de Gibray.

Celui-ci se releva au bout de cinq minutes, et
regardant toujours son enfant dont il tenait entre
ses mains la main froide, il murmura d'une voix
trop basse pour être entendue, ces mots :

— Ah ! Valentine Dharville, le moment est venu
de régler entre nous, le terrible compte ! — Je t'ai
promis le châtiment et je tiendrai parole...

Puis tout haut, s'adressant à madame Dubief, il
demanda :

— Mais comment se fait-il, madame, que cette
enfant ne vous ait pas appris son vrai nom ? — Elle

ne l'ignorait point puisqu'elle possédait son acte
de naissance.

— Je vous l'ai déjà dit, monsieur, — répliqua
l'institutrice, — c'était une angélique nature... —
Sans doute, par respect pour une mère coupable,
elle cachait son nom.

— L'acte de naissance ne devait pas être dans
ses mains depuis longtemps, — fit observer le chef
de la sûreté en jetant un coup d'œil sur le papier
timbré.

— Pourquoi supposez-vous cela?

— Ce n'est point une supposition, c'est une certitude... — L'extrait que voilà a été levé et légalisé
au mois de février de cette année.

— Comment cela se fait-il? — murmura le juge
d'instruction. — Et elle allait chez madame Bressolles... chez sa mère!!... — Il y a là un secret à
approfondir.

« Nous n'avons plus rien à faire ici, messieurs...
— ajouta-t-il. — Nous pouvons nous retirer...

Puis s'adressant à l'institutrice :

— Je vais entrer dans votre bureau, madame, et
signer une pièce qui vous permettra de commander
le service funèbre de la pauvre enfant... — Chargez-vous de ces soins pieux, je vous en conjure, et

que tout soit fait sans ostentation, mais largement... — Je viendrai demain me joindre à vous
pour rendre les derniers devoirs à la chère enfant
retrouvée trop tard...

Madame Dubief s'inclina et répondit :

— Comptez sur moi, monsieur...

Le juge d'instruction s'agenouilla de nouveau
près du lit, se pencha sur le corps, mit un baiser
sur le front de sa fille et lui dit tout bas, comme si
elle avait pu l'entendre :

— Maintenant, Simone, je vais te venger!!...

Il se releva, sortit le premier, et la sœur de cha-
rité resta seule dans la chambre silencieuse.

Une demi-heure s'écoula.

La religieuse égrenait son chapelet en s'absorbant dans une prière fervente.

Soudain elle tressaillit.

Il lui semblait entendre le faible bruit d'un
soupir...

Mais n'était-ce point une illusion ?

Qui donc aurait soupiré près d'elle dans cette
chambre où, porte close, elle veillait un cadavre ?

Brusquement elle se tourna vers le lit.

Un spectacle stupéfiant l'attendait.

Simone, toujours aussi pâle mais les yeux ouverts, se soulevait lentement sur ses coudes et regardait autour d'elle d'un air étonné.

—Miracle!! — cria la sainte fille en s'élançant jusqu'à la porte qu'elle ouvrit. — Miracle!! — La morte ressuscite!!...

Non, il n'y avait pas de miracle...

Le prodige n'était qu'apparent...

L'inhalation de l'acide prussique, concentré de façon insuffisante par Verdier chimiste inexpérimenté, avait amené une léthargie longue, effrayante, semblable à la mort, mais non la mort...

Simone, que Paul de Gibray allait venger, était vivante, bien vivante, et désormais, grâce à Dieu, nul danger ne la menaçait...

*
* *

Nous avons laissé la policière sonnant d'une main résolue à la porte du petit hôtel habité par le pseudo-capitaine Van Broecke.

Au bout de quelques secondes un judas s'ouvrit dans la porte.

A ce judas une tête apparut.

C'était celle de Dominique le muet.

— Le capitaine Van Broecke? — demanda la policière d'un ton cavalier bien d'accord avec son costume masculin.

Dominique entendait, mais il ne pouvait répondre que par signes, et à travers le judas il était malaisé de se livrer à une pantomime expressive.

Il articula des sons étouffés pour faire comprendre son infirmité, tout en secouant négativement la tête, ce qui voulait dire :

— Allez-vous-en... il n'y a personne...

Madame Rosier ne se tint point pour battue.

— Je sais que votre maître est chez lui... — reprit-elle. — Il faut absolument que je le voie... — C'est pressé, très pressé... — Je viens de la rue de Navarin, de la part de M. Maurice...

En entendant prononcer le nom de Maurice, le muet referma le judas et ouvrit vivement la porte.

Aimée Joubert entra dans la cour.

Elle se sentait certaine maintenant de ne point faire fausse route.

Le muet qui venait de l'introduire était l'homme qui avait touché à la caisse de la maison Rothschild le chèque envoyé de Russie par Boris Romanzoff.

Donc elle se trouvait chez Lartigues ou chez Verdier.

Le doute à cet égard n'était plus possible.

Dominique lui fit signe d'attendre, referma à clef la porte de la rue, mit la clef dans sa poche et gravit prestement les marches du perron accédant à l'hôtel.

LXVI

Lartigues et Verdier, parfaitement calmes, ayant mis de côté toute préoccupation, toute inquiétude, assis en face l'un de l'autre faisaient une partie d'é-checs.

Ils avaient bien entendu sonner, mais sachant que Dominique était intelligent et qu'on pouvait compter sur lui, attribuant d'ailleurs le coup de sonnette à quelque fournisseur, ils n'interrompaient point la partie commencée.

Depuis la veille ils se cloîtraient à l'hôtel, ne lisant aucun journal, ne recevant aucune nouvelle du dehors, attendant sans trop d'impatience que Maurice eût terminé sa tâche et que le moment du départ pour l'Angleterre arrivât.

La porte du petit salon s'ouvrit brusquement.

Dominique entra.

Lartigues leva la tête, vit le muet et lui demanda :

— Qu'y a-t-il ?

Déjà Dominique avait tiré de sa poche l'ardoise et le crayon dont il ne se séparait jamais.

Sur cette ardoise il traça les mots suivants :

— *« Il y a là un homme qui vient de la rue de Navarin et qui veut vous parler de la part de monsieur Maurice. »*

Lartigues inquiet s'écria :

— De la part de Maurice !

Le muet fit un signe affirmatif.

— Est-il seul ? — reprit le pseudo-capitaine.

Le geste de Dominique répondit :

— Oui, il est seul...

— Alors qu'il entre, qu'il entre vite... — cette visite m'intrigue...

Dominique tourna sur ses talons pour aller chercher le visiteur.

La policière l'avait suivi.

Elle était debout sur le seuil.

Le muet la désigna du geste et sortit.

Lartigues avait quitté son siège.

Il fit deux pas vers l'étrangère qu'il ne pouvait reconnaître, non seulement à cause du costume d'homme qui la déguisait, mais encore en raison de la pâleur et de l'altération de ses traits.

— Vous venez de la part de Maurice, monsieur? — lui dit-il.

Madame Rosier à son tour s'avança de façon à se trouver en pleine lumière, et répliqua d'une voix sifflante :

— Oui, Lartigues! — Je viens te demander de sa part ce que tu as fait de son honneur! — Je viens te demander de la mienne ce que tu as fait de mon enfant!

La stupeur de Lartigues et de Verdier en entendant cette voix, en écoutant ces paroles, est plus facile à comprendre qu'à décrire.

Ils reculèrent effarés, tremblants, devant cette vision inattendue, en balbutiant :

— Aimée Joubert!!...

A mesure qu'ils reculaient la policière avançait sur eux.

Elle poursuivit :

— Je te retrouve enfin Lartigues, après t'avoir cherché si longtemps, et je te retrouve toujours le même... toujours assassin... toujours infâme! — Je connais tous vos crimes, ceux que vous avez accomplis et ceux que vous méditez d'accomplir encore... — Je vous suivais de loin l'un et l'autre, toi Lartigues depuis des années, vous Verdier depuis quelques mois seulement, mais je ne supposais pas que la fatalité avait mis dans vos mains mon fils, l'enfant de Lartigues, l'enfant de la honte, et que de cet enfant vous aviez fait votre complice!... — Hier seulement j'ai appris ce comble du malheur et de l'infamie, hier seulement j'en ai eu la preuve, et malgré cette preuve, malgré la lumière, malgré l'évidence, je ne puis croire encore! — il faut que ce soit toi, Lartigues, toi, son père, qui me dises si cette chose monstrueuse est possible, et si tu as vraiment fait de ton fils un monstre à ton image! — Réponds!!

Et madame Rosier, croisant ses bras sur sa poitrine, attendit.

Les deux complices relevaient la tête.

Après le premier moment de surprise et d'épouvante l'équilibre se rétablissait dans leur cerveau; — ils envisageaient la situation avec un calme relatif.

Aimée Joubert reprit :

— De tes réponses votre vie à tous deux va dépendre...

Lartigues regarda la policière bien en face, les yeux dans les yeux, et répliqua cyniquement :

— Qu'ai-je à répondre que tu ne saches aussi bien que moi? — J'étais dans le chemin du crime, je l'ai suivi résolument jusqu'au bout, et si j'avais tenté d'en sortir je ne l'aurais pas pu !... — La guillotine réclamait ma tête, — j'ai su la soustraire au couperet triangulaire, je l'ai gardée sur mes épaules, solide et forte et j'ai vécu comme je devais vivre après un tel début et comme d'ailleurs ma nature me destinait à vivre... — Tu t'es trouvée sur ma route... — je t'ai écrasée. — J'aurais écrasé de même toute autre que toi... — Maurice, né de moi, ayant de mon sang dans les veines, devait fatalement tôt ou tard devenir assassin... — L'homme ne peut se soustraire à sa destinée, tu en as la preuve, puisque ignorant son origine, et ne subissant d'autre influence que la tienne qui devait le pousser au bien, Maurice n'en a pas moins pris un couteau et frappé d'une main sûre, avec un entrain superbe !... — L'enfant tenait de son père !... Bon sang ne peut mentir...

— C'est faux! — cria la policière avec fureur, — Maurice n'a pas tué !! Tu mens !!

Lartigues haussa les épaules.

— Ton fils a tué plus que moi! — répondit-il. —
Un hasard l'a mis sur la piste de nos secrets que tu
prétends connaître... — Il a suivi cette piste, et
pour avoir des millions qu'il voyait luire à l'horizon,
il a joué du couteau...

— Tu mens! — répéta la policière.

— Crois-tu? — Eh bien, va demander à ton fils
qui a frappé Jenny, la servante de Verdier, dans le
tombeau Kourawieff où il s'introduisait pour voler
nos correspondances, il te répondra : — C'est moi!!

— Lui!! — fit madame Rosier avec affolement.
Lartigues continua :

— Va lui demander qui a frappé rue Montorgueil,
dans une voiture, l'homme envoyé d'Angleterre à
Verdier, et que lui, Maurice, était allé chercher à la
gare du Nord... il te répondra : — C'est moi!!

Aimée Joubert prit son front dans ses deux
mains, et d'une voix à peine distincte balbutia :

— Non!... non!... je ne te crois pas... c'est impossible...

— Tu trouves que c'est impossible, et tu ne sais
pas tout encore!... — Va demander à Maurice qui a
tué sa maîtresse, la belle Octavie, en lui enfonçant
une épingle d'or dans le crâne?... Va lui demander
qui a scié la glace du lac de Vincennes où Marie

Bressolles devait périr? Qui a caché dans les fleurs
une vipère, dont la morsure a mis Marie Bressolles
à deux doigts de la mort? Enfin qui a tué Simone
par l'acide prussique? Il te répondra : — C'est moi!
toujours moi!... — Foi de Lartigues, il va bien, ton
fils!... — Riche nature!...

— Simone est morte!! — cria la policière en délire, — morte, dis-tu!! — le comte Yvan mort peut-
être, et Marie Bressolles menacée pour la troisième
fois!! — Ah! c'est hideux! c'est infernal!! — Et
Maurice a fait cela?...

— Pardieu oui, il a fait cela, et sans qu'on l'y
pousse, de lui-même, tout bonifacement, par
instinct et par goût!! — Ce n'est pas moi qui suis
allé le chercher pour lui mettre un couteau dans la
main avec la manière de s'en servir... — Je ne le
connaissais pas quand il s'est imposé à nous! —
Il m'a appris qu'il était ton fils, et je lui ai caché,
moi, que j'étais son père!!

Madame Rosier haletante, suffoquait.

Elle croyait respirer une atmosphère de flammes...

Il lui semblait que son cerveau en ébullition allait
faire éclater son crâne trop étroit...

— Est-ce que je deviens folle! — se demandait-elle.

Et, avec un véritable égarement, elle répétait :

— Lui! Lui! Lui! Un assassin!!

— Maintenant, je t'ai répondu nettement, carrément! — reprit Lartigues. — Si ton fils a roulé comme moi dans l'abîme, s'il est souillé comme moi de sang et de boue, c'est qu'il l'a bien voulu... — Mais tu peux le sauver et nous sauver en même temps...

A ces derniers mots, la policière bondit.

Dans la dixième partie d'une seconde elle retrouva toute son énergie, et son courage.

— Vous sauver, vous!... — dit-elle d'une voix farouche. — Allons donc! Tu n'y penses pas, Lartigues! — Je te tiens! crois-tu donc que je vais te lâcher?

Un sourire railleur vint aux lèvres de Lartigues.

— Alors, tu livreras ton fils avec nous... — fit-il.

Madame Rosier chancela.

— Le livrer, lui! — bégaya-t-elle. — Le livrer aux juges... — Mais ce serait la condamnation certaine...

— La guillotine... — appuya Lartigues. — Tu enverras Maurice à *l'abbaye de Monte-à-Regret!...* — Tu le verras *cracher dans le son!...*

La policière frissonna de la tête aux pieds.

— Alors — continua Lartigues — tais-toi, et cette

nuit je pars avec lui !... je l'emmène loin de France... je le sauve...

— Jamais ! — répondit Aimée Joubert d'une voix éclatante. — Jamais !!

En ce moment Verdier intervint.

— Dans ce cas, chère madame, — dit-il, — vous ne sortirez pas d'ici vivante...

Il ajouta en tirant de sa poche un revolver :

— Je suis un homme pacifique et de mœurs très douces, mais on défend sa peau comme on peut...

— Laissez-nous fuir ou vous êtes morte !...

LXVII

Madame Rosier, elle aussi, avait plongé la main dans la poche de son vêtement, et cette main r eparaissait armée d'un revolver.

Mais avant qu'elle ait eu le temps de viser Lartigues, Verdier fit feu.

La policière roula sur le parquet.

Verdier se penchait vers elle pour s'assurer qu'elle était bien morte lorsqu'au dehors on entendit une clameur, accompagnée de coups violents frappés contre la porte de la cour.

— Tonnerre ! — s'écria Lartigues. — Elle avait des agents derrière elle !! — Sans la seconde issue nous serions pris comme des rats dans une ra-

19.

tière... — Vite les clefs du jardin et de la porte du pensionnat, et filons !

En disant ce qui précède le pseudo-capitaine Van Broecke ouvrait un secrétaire, y prenait de l'or, des billets de banque, et sonnait Dominique.

Le muet avait deviné ce qu'on voulait de lui.

Il entra apportant les clefs.

Lartigues, Verdier et Dominique sortirent précipitamment de l'hôtel, ouvrirent la porte cachée sous un manteau de lierre et disparurent dans le jardin du pensionnat.

Rue de Suresnes on ne frappait plus contre la porte.

Galoubet et Sylvain Cornu étaient allés chercher des échelles et passaient par-dessus la muraille.

Bientôt la cour fut pleine d'agents qui se ruèrent dans la maison où ils trouvèrent madame Rosier étendue au milieu d'une mare de sang.

De l'autre côté de l'hôtel, dans le jardin du pensionnat, Verdier, Lartigues et le muet filaient le long des murs pour arriver à la porte de sortie donnant sur la rue de la Ville-l'Évêque.

Au moment de l'atteindre ils s'arrêtèrent terrifiés.

Un groupe d'hommes venait à eux.

— Nous sommes flambés! — dit Lartigues. — La maison est gardée de tous côtés.

Il se trompait.

Personne ne connaissant la deuxième issue on ne pouvait la surveiller.

Le groupe était composé du juge d'instruction Paul de Gibray, du chef de la sûreté, de son secrétaire, du commissaire aux délégations, de deux agents et du concierge du pensionnat.

Les magistrats sortaient du bureau de madame Dubief, après l'enquête à laquelle nous avons assisté.

Ils entendirent des cris, le bruit d'un coup de feu qui semblait venir de la maison voisine; ils virent filer des ombres dans les ténèbres du jardin.

Le chef de la sûreté, couvaincu qu'il se passait quelque chose d'anormal, se dirigea de ce côté.

— Qui va là? — demanda-t-il quand les trois fugitifs devinrent tout à fait distincts.

— Vendons chèrement notre vie!... — dit Verdier à Lartigues.

Une détonation retentit, puis une autre, puis une autre encore.

Personne ne fut blessé et, avant que les bandits

n'aient tiré de nouveau, ils furent saisis et désarmés.

A cette minute précise une demi-douzaine d'agents, amenés par les coups de feu, s'élancèrent de la porte mal refermée du petit jardin.

— Nous les tenons ! — leur cria le chef de la sûreté. — Ils sont trois... — Venez nous prêter main-forte...

Les agents, conduits par l'officier de paix et munis de lanternes entourèrent les prisonniers qu'on eut soin de ligotter solidement.

— Quels sont ces misérables? — demanda le commissaire aux délégations en prenant une lanterne et en éclairant le visage des trois hommes.

— Monsieur le commissaire, — répliqua l'officier de paix, — il y a dans le pavillon voisin quelqu'un qui vous le dira...

— Quelqu'un?...

— Oui, monsieur...

— Allons... — dit le chef de la sûreté.

Le groupe des magistrats, des gens de police et des prisonniers passa du jardin du pensionnat dans celui du petit hôtel.

Au bas du perron, l'officier de paix ordonna aux trois scélérats ligottés de gravir les marches.

— Là-haut, — ajouta-t-il, — on vous reconnaîtra...

Ils obéirent et furent poussés dans la pièce où
madame Rosier, qui semblait mourante, était soutenue par Galoubet et Sylvain Cornu, et soignée par
un médecin du quartier, appelé à la hâte et qui tout
bas jugeait la blessure mortelle.

Le juge d'instruction, le chef de la sûreté et le
commissaire aux délégations entrèrent derrière
eux.

Tous trois poussèrent un cri de surprise et d'effroi en reconnaissant sous son costume d'homme
la policière ensanglantée.

— Madame Rosier! — fit le chef de la sûreté.

— Oui... moi... — répondit Aimée Joubert d'une
voix faible. — Je vous avais promis de vous livrer
hier Lartigues et Verdier... Je ne m'étais trompé
que d'un jour, vous le voyez...

— Lartigues! Verdier! — répétèrent les magistrats.

— Les voilà...

Et du doigt la policière les désignait.

— Et, celui-ci? — fit le commissaire en montrant Dominique.

— Le muet... leur complice...

— Nous ne sommes que trois ici, — dit Lartigues d'un ton farouche, — et nous devrions être quatre... — Demandez à madame quel est le quatrième...

En entendant Lartigues, Aimée Joubert, malgré la balle qu'elle avait dans le corps, se leva d'un bond, l'œil plein de flammes.

— Faites sortir ces hommes, monsieur... — balbutia-t-elle d'une voix suppliante en s'adressant au chef de la sûreté, — faites-les sortir et vous saurez tout...

Sur un signe du chef on entraîna les trois misérables.

Madame Rosier fouilla dans la poche de son pardessus.

Elle y prit une liasse de papiers qu'elle tendit à M. de Gibray.

— Lisez cela, monsieur... — lui dit-elle, — lisez sans perdre une minute... le testament surtout...

Le juge d'instruction prit les papiers et ouvrit la liasse.

Il avait sous les yeux le testament d'Armand Dharville; — il le lut rapidement, tandis que le chef de la sûreté et le commissaire lisaient en même temps que lui par-dessus son épaule.

— Ah! je comprends tout!... — s'écria-t-il quand il eut achevé. — C'est pour cet héritage que ces hommes ont tué Simone... C'est pour cet héritage qu'ils allaient tuer Marie Bressolles... — Ah! les infâmes!...

— Vous les tenez en votre pouvoir...

— Grâce à vous, pauvre femme... — murmura le chef de la sûreté en prenant la main de madame Rosier et en se reprochant, non sans quelque amertume, ses injustes soupçons.

— Et grâce aussi à Galoubet et à Sylvain Cornu... — fit madame Rosier.

— Cela leur sera compté, soyez-en sûre...

— Quant à moi, — reprit madame Rosier d'une voix si faible qu'on pouvait à peine l'entendre, — ma tâche n'est pas finie... — Il faut que j'agisse encore... — Il faut que j'aille à l'hôtel de la rue de Verneuil...

— Pourquoi? — demanda le chef de la sûreté.

— Pour sauver Marie Bressolles.

— Mais, madame, — dit vivement le médecin, — à peine êtes-vous en état de vous soutenir, je n'ai pu opérer encore l'extraction de la balle, et je ne vous cache pas que votre état est grave.

— Si grave que je n'en reviendrai pas, je le sais

bien... — répliqua la policière. — Eh bien! qu'importe? — Je dirais volontiers : *Tant mieux !* — Je
dois achever mon œuvre... il le faut... je le veux!!
— Ces messieurs m'accompagneront, avec Sylvain
et Galoubet.

— Qu'on fasse avancer des voitures... — commanda le chef.

Un agent partit.

Deux hommes furent constitués gardiens du
petit hôtel, où l'on devait revenir le lendemain
faire une perquisition et dresser un procès-verbal.

Lartigues, Verdier et Dominique furent conduits
sous bonne escorte au dépôt.

Au moment où on les emmenait arrivaient les
voitures demandées.

On installa le mieux possible madame Rosier
dans l'une d'elles, on plaça des oreillers sous ses
épaules pour la soutenir, et l'on partit.

★
★ ★

Maurice avait fait preuve d'une grande activité
pendant le cours de la journée qui finissait.

Nous savons déjà qu'il était venu chez sa mère
vers dix heures du matin, afin de lui rappeler que,

le soir même on signerait son contrat de mariage à l'hôtel Bressolles, et de lui demander en même temps si, comme elle l'avait prévu la veille, il lui serait impossible d'assister au dîner de famille qui devait précéder la soirée du contrat.

Il s'était trouvé fort désagréablement surpris en entendant Madeleine lui répondre :

— Madame a été obligée de sortir ce matin, mais elle m'a bien recommandé de dire à monsieur qu'elle serait rue de Verneuil à l'heure indiquée.

— Toujours sa police !... — murmura-t-il en se retirant... — Il est grandement temps d'en finir, car tôt ou tard elle m'aurait joué, sans le vouloir, quelque mauvais tour...

En quittant la rue de la Victoire le jeune homme courut les magasins, fit des emplettes, puis il retourna chez lui, s'habilla et se rendit à l'hôtel Bressolles où on l'attendait pour déjeuner et pour le présenter à quelques proches parents de l'ex-architecte, venus de la campagne afin de signer au contrat de Marie.

La mère de Ludovic Bressolles, une bonne vieille femme bien simple de soixante-quinze ans, était là, très heureuse de voir se marier sa petite-fille, et très enchantée qu'on lui eût choisi un charmant futur comme Maurice.

Le fils d'Aimée Joubert fit, haut la main, sans se donner pour cela beaucoup de peine, la conquête de toute la famille, et chacun adressait des compliments sincères à la fiancée et à ses parents.

LXVIII

Valentine Bressolles était sombre et ne le cachait point.

Ludovic s'efforçait de paraître enchanté et n'y réussissait qu'à demi.

Marie, obéissant aux instructions données par la lettre du comte Yvan, souriait de son mieux, mais elle ressentait une inquiétude profonde qui peu à peu devenait de l'angoisse.

Le déjeuner fut long et assez gai, malgré la contrainte de trois des principaux personnages assis à la table hospitalière de l'hôtel.

Maurice avait un entrain du diable et deux parents de province, qui passaient dans leur chef-lieu de canton pour de joyeux vivants, lui donnaient gaillardement la réplique.

On ne sortit de table qu'à trois heures.

Marie, visiblement fatiguée, remonta pour quelques instants dans sa chambre.

Une fois seule, la pauvre enfant n'eut plus de sourires...

Son front se plissa, sa physionomie prit une expression d'abattement, des larmes jaillirent de ses yeux.

— Rien... rien... — balbutia-t-elle en penchant sa tête sur sa poitrine. — Pas un mot d'Albert... pas un mot du comte Yvan... et Simone, Simone qui disait tant m'aimer et à l'affection de qui je croyais, n'a même pas répondu à la lettre de mon père la priant de se hâter...

» Ils m'avaient promis le bonheur...

» Le comte Yvan m'écrivait au nom d'Albert : — *Espérez ! ayez confiance ! nous vous sauverons !*

» J'espérais... j'avais confiance... et le jour fatal arrive... et l'heure terrible approche... et je n'ai vu personne, et je suis là, brisée, anéantie, avec mes douleurs que je suis obligée de cacher, avec mes larmes qu'il me faut refouler si je ne veux pas désoler mon père...

» Oh! mon Dieu, Seigneur mon Dieu, n'aurez-vous pas pitié de moi?... Me laisserez-vous long-temps encore souffrir ainsi?

En disant ce qui précède, la jeune fille s'était agenouillée devant un cadre d'ébène, renfermant, sur un fond de velours violet, un christ d'ivoire d'un précieux travail et d'une grande valeur.

Elle éleva son âme et pria.

Quand elle eut achevé sa prière, l'expression de son visage n'était plus la même.

Toute trace de découragement avait disparu.

Il semblait à Marie qu'une voix céleste venait de lui répondre en lui disant tout bas : — *Espère!*

Elle essuya ses yeux, baigna sa figure dans l'eau fraîche, appela de nouveau sur ses lèvres un sourire, et descendit rejoindre sa famille.

Valentine avait trouvé moyen de s'isoler un mo-ment avec Maurice.

Étonné de voir sur son front un nuage qui ne se dissipait point, le jeune homme lui demanda :

— Qu'avez-vous donc, ma chère? — Tout marche à souhait! — Pourquoi ce visage d'enterrement?

— Je ne sais... — Il me semble qu'un malheur nous menace... — répondit madame Bressolles.

— Pressentiments absurdes qu'il faut chasser bien vite... — Qu'avez-vous à craindre puisque je vous aime et que je ne cesserai jamais de vous aimer?... — Doutez-vous de mon amour?...

— Non certes! Si j'en doutais je briserais ce mariage!... — Mais c'est plus fort que moi, et je ne peux pas être gaie...

Passons vite sur les heures lentes, et arrivons au moment du dîner.

On avait fait des invitations.

Une vingtaine de personnes se trouvaient réunies.

Maurice fronçait les sourcils et se mordait les lèvres.

Sa mère ne paraissait pas et il craignait que cette absence difficilement explicable ne fût commentée et ne donnât lieu à des suppositions malveillantes.

Cinq minutes avant le dîner M. Bressolles s'approcha de lui, une lettre à la main, et lui dit :

— Voici un ennui pour vous, mon cher Maurice...

Maurice tressaillit et demanda très inquiet :

— Un ennui? — Lequel?

— Je reçois un mot de madame votre mère... — Elle m'annonce qu'elle est obligée de partir pour

Fontainebleau où une affaire importante l'appelle d'urgence chez un notaire.

Le jeune homme pâlit.

— Ah ! — s'écria-t-il, — c'est jouer de malheur ! — Ma mère aurait pu retarder ce voyage !... Sa présence à la signature du contrat devait, ce me semble, passer avant tout ! !

— Rassurez-vous, mon cher enfant, — reprit l'ex-architecte, — madame votre mère ajoute qu'elle sera ici pour l'heure de la signature... — C'est au dîner seulement qu'elle manquera, et elle me charge de l'excuser auprès des membres de ma famille...

— Acceptons donc ce qui est inévitable... — dit Maurice complètement rasséréné.

On se mit à table à sept heures.

Le dîner se prolongea jusqu'à neuf.

Quand on passa dans les salons en quittant la salle à manger, les invités à la soirée arrivaient déjà.

A mesure que s'écoulait le temps, Marie de nouveau perdait courage.

Tout en répondant d'une façon vague et distraite aux compliments que lui prodiguaient les nouveaux venus, elle avait sans cesse les yeux fixés sur la porte du premier salon.

A chaque instant, elle espérait voir apparaître un libérateur.

Espérance sans cesse déçue !

Personne ne se présentait pour l'arracher aux souffrances qui torturaient son cœur...

A dix heures, on introduisit le notaire.

Maurice, à son tour, devenait fiévreux.

Sa mère n'arrivait pas!

Pourquoi?

Dix heures et demie sonnèrent.

On commençait à chuchoter en regardant le jeune homme.

M. Bressolles vit son malaise et s'approcha de lui.

— L'absence de madame votre mère m'inquiète. mon cher enfant... — lui dit-il. — Après ce qu'elle m'a écrit, son retard est inexplicable... — Lui serait-il arrivé quelque chose?

Maurice devint livide en songeant que Lartigues et Verdier avaient pu se trouver aux prises avec la policière.

Cela ne l'empêcha point de répondre :

— Chassez toute inquiétude, monsieur, je vous prie. — Un train venant de Fontainebleau arrive à

Paris à dix heures et demie... — De la gare à la rue
de Verneuil il faut une demi-heure à ma mère... Je
suis certain qu'elle sera ici dans quelques minutes...

— Dieu le veuille !...

L'absence de la mère de son fiancé rendait un
peu de courage à Marie. — Sans doute, pensait-
elle, — la signature du contrat serait retardée...

Onze heures sonnèrent.

Le dernier coup de marteau sur le timbre retentissait encore quand le valet de chambre faisant
fonctions d'huissier annonça :

— M. le comte Yvan Kourawieff... M. le docteur
Iwanow... M. Gabriel Servet... M. Albert de Gibray.

En entendant retentir ces noms, Valentine et
Maurice poussèrent une exclamation d'épouvante.

Marie ne put contenir un cri de joie.

Le fils d'Aimée Joubert recula terrifié à la vue
du comte Yvan soutenu par Serge Iwanow, et d'Albert de Gibray s'appuyant sur Gabriel Servet.

Valentine frémissante regardait Albert pâle,
amaigri, faible encore, mais le regard plein de vie
et le sourire aux lèvres.

Le comte Yvan avait besoin, pour se tenir debout,

VI.   20

d'une dose d'énergie plus qu'humaine ; mais enfin il était debout et le docteur Serge Iwanow pouvait se vanter d'une cure presque miraculeuse.

Marie haletante, le cœur débordant d'ivresse, les yeux pleins de larmes joyeuses, tendait ses mains vers Albert qui venait à elle.

Les deux jeunes gens tombèrent dans les bras l'un de l'autre en balbutiant :

— Enfin réunis ! Enfin !...

Les spectateurs de cette scène imprévue, ou pour mieux dire de ce coup de théâtre inattendu, regardaient sans comprendre.

Tout ce qui précède s'était accompli en beaucoup moins de temps que nous n'en avons mis à le raconter.

Maurice, domptant sa terreur, s'approcha de Valentine et lui glissa dans l'oreille ces mots :

— Contenez-vous !...

M. Bressolles, les pieds cloués au parquet par la stupeur, semblait se demander s'il était le jouet d'un rêve.

Cependant il se dirigea lentement vers Albert et lui dit, non sans une hésitation manifeste :

— Monsieur de Gibray, votre présence ici ce soir...

— Est nécessaire, monsieur... — interrompit Albert. — Il fallait à tout prix empêcher la signature du contrat de mariage de mademoiselle votre fille avec M. Maurice Vasseur...

Une rumeur s'éleva, et cette rumeur ne semblait point favorable au nouveau venu.

Maurice allait bondir sur Albert.

Le comte Yvan, lui touchant l'épaule, l'arrêta.

— Que signifie cette comédie? — demanda Maurice écumant de rage.

Le Russe répondit avec un calme terrible :

— Elle signifie que mademoiselle Bressolles ne peut épouser le fils d'un...

Il n'eut pas le temps d'achever.

Le domestique lui coupa la parole en annonçant :

— Madame Rosier... M. Paul de Gibray...

Tous les yeux se tournèrent du côté de la porte d'entrée, et un frisson d'épouvante effleura tous les épidermes.

M. de Gibray franchissait lentement le seuil avec Aimée Joubert que soutenaient le chef de la sûreté et le commissaire aux délégations.

La policière chancelait à chaque pas.

Le plastron de sa chemise d'homme était rouge de sang.

Marie tremblante se serra contre Albert.

Valentine dont les dents claquaient, isolée avec Maurice au milieu des groupes, attachait sur le juge d'instruction des yeux où se lisait l'égarement.

— Ce n'est plus un rêve... — pensait Ludovic Bressolles. — C'est un cauchemar... — Je vais m'é-veiller...

Une fois au milieu du salon madame Rosier fit halte, jeta un regard autour d'elle et vit Maurice, pâle comme un spectre mais impassible.

Se séparant alors des deux magistrats, elle se tint debout sans soutien par un prodige de volonté.

— J'arrive en retard, monsieur Bressolles, — fit-elle d'une voix sourde, — mais j'arrive à temps puisque le contrat n'est pas signé... — J'ai un mot à dire à mon fils...

Elle voulut marcher mais elle chancela.

Maurice courut à elle pour la soutenir.

Elle lui prit le bras et, s'y cramponnant, elle fixa ses yeux sur les siens.

Sous le poids de ce regard Maurice courba la tête comme devant un juge.

Il comprenait ; — tout était découvert.

Madame Rosier mit la main dans une poche de son vêtement, elle y prit un revolver.

—Tiens ! — dit-elle à son fils en le lui tendant.

Maurice le saisit.

Une détonation se fit entendre et le jeune homme, la tempe trouée, s'abattit en entraînant sa mère dans sa chute.

Au milieu de la stupeur d'épouvante causée par ce suicide accompli devant cinquante personnes, sous le feu des lustres, dans une atmosphère de fête, un cri s'éleva, étrange, sinistre, et fut suivi d'un éclat de rire plus sinistre et plus étrange encore.

Ce cri et cet éclat de rire venaient d'être poussés par Valentine Bressolles.

Elle se laissa tomber à genoux à côté du cadavre de Maurice, se pencha vers lui et posa ses lèvres sur la tempe trouée par la balle.

Le sang lui jaillit au visage.

Elle se releva souriante et dit d'une voix très basse :

— Il dort... — Il ne faut pas l'éveiller...

— Mon Dieu qu'a-t-elle donc ?... — demanda M. Bressolles effaré.

Le docteur Dufresnes qui se trouvait parmi les invités s'avança :

— Hélas ! — répondit-il, — elle est folle...

Le médecin russe, qui s'était penché sur madame Rosier, ajouta :

— Et cette pauvre femme est morte.

— Son fils était un assassin, complice d'assassins, — dit le chef de la sûreté ; — elle lui a donné une suprême preuve de tendresse en le sauvant de l'échafaud !

*
* *

Quatre mois environ après le terrible drame auquel nous venons d'assister, la cour d'assises du département de la Seine condamnait à mort Lartigues et Verdier. — La cour de cassation rejeta leurs pourvois et les têtes des deux misérables tombèrent le même jour, sur la place de la Roquette.

Dominique le muet, à la charge de qui on ne relevait aucun assassinat, n'avait été condamné qu'à dix ans de réclusion.

Michel Brémont, mis au courant à Londres par les journaux français de ce qui se passait à Paris, s'était hâté de disparaître, forcé de laisser intacte l'immense fortune d'Armand Dharville, dont Simone et Marie, héritières désignées par le testament, furent mises en possession.

A la fin de la semaine qui suivit la mort de Maurice, Valentine Bressolles, internée dans une maison de santé, expirait au milieu d'une crise de folie furieuse, arrachant avec ses dents des lambeaux de sa chair. — La justice divine frappait celle que la justice des hommes ne pouvait atteindre!

Une année après ces événements on célébrait à Notre-Dame un double mariage : celui d'Albert de Gibray avec Marie Bressolles, et celui du comte Yvan avec Simone dont il était devenu éperdument épris en la voyant chaque jour chez Paul de Gibray, qui l'appelait sa fille, et près d'Albert qui la nommait sa sœur.

Ils s'aiment, ils sont heureux.

Le comte Boris Romanzoff, le complice ou plutôt l'instigateur de Lartigues pour les deux assassinats commis à vingt-trois ans de distance sur la comtesse et le comte Kourawieff, est mort foudroyé par une attaque d'apoplexie.

Dieu s'était chagé de la vengeance du comte Yvan.

Nous serons en règle avec tous les personnages

de cette longue histoire lorsque nous aurons dit que, par un testament olographe, écrit le jour même de sa mort, madame Rosier laissait aux pauvres une partie de sa petite fortune et partageait le reste entre Madeleine, Galoubet et Sylvain Cornu.

Madeleine s'est retirée à la campagne.

Les deux ex-coquins ont dit adieu à la police, vivent paisiblement de leurs rentes modestes et vont chaque mois au Père-Lachaise porter des fleurs sur la tombe de la pauvre femme qui s'était appelée L'ŒIL DE CHAT, — et qui a fait d'eux d'honnêtes gens.

FIN

F. Aureau. — Imprimerie de Lagny.

LIBRAIRIE DE E. DENTU, ÉDITEUR, PALAIS-ROYAL

ROMANS DE XAVIER DE MONTÉPIN

Collection grand in-18 jésus à 3 francs le volume

LA SORCIÈRE ROUGE. 4e édition . . . .
LE VENTRILOQUE. 4e édition. . . . .
LE SECRET DE LA COMTESSE. 5e édition. . .
LA MAITRESSE DU MARI. 5e édition. . . . .
UNE PASSION. 4e édition. . . . .
LE MARI DE MARGUERITE. 13e édition
LES TRAGÉDIES DE PARIS. 7e édition.
LA VICOMTESSE GERMAINE (suite des Tragédies de Paris).
   7e édition . . . . 3 vol.
LE BIGAME. 6e édition . . . . 2 vol.
LA BATARDE. 3e édition. . . . . 2 vol.
UNE DÉBUTANTE. 3e édition . . . . 1 vol.
DEUX AMIES DE SAINT-DENIS. 3e édition. . . 1 vol.
SA MAJESTÉ L'ARGENT. 5e édition. . . . . . . 5 vol.
LES MARIS DE VALENTINE. 3e édition. . . 2 vol.
LA VEUVE DU CAISSIER. 3e édition. . . . 2 vol.
LA MARQUISE CASTELLA. 3e édition. . . . . . 2 vol.
UNE DAME DE PIQUE. 3e édition. . . . . 2 vol.
LE MÉDECIN DES FOLLES. 4e édition . . . . 5 vol.
LE PARC AUX BICHES, 3e édition. . . . . . 2 vol.
LE CHALET DES LILAS, 3e édition. . . . . 2 vol.
LES FILLES DE BRONZE, 3e édition . . . . 5 vol
LE FIACRE No 13, 4e édition. . . . . 4 vol.
JEAN-JEUDI, 3e édition. . . . . 2 vol.
LA BALADINE, 2e édition. . . . . 2 vol.
LES AMOURS D'OLIVIER, 2e édition . . . . . 2 vol.
SON ALTESSE L'AMOUR, 3e édition. . . . . . . 6 vol.
LA MAITRESSE MASQUÉE, 3e édition . . . . . 2 vol.
LA FILLE DE MARGUERITE 3e édition . . . . 6 vol.
MADAME DE TRÈVES, 3e édition. . . . . . . 2 vol.
LES PANTINS DE MADAME LE DIABLE, 3e édit. 2 vol.
LA MAISON DES MYSTÈRES, 2e édition . . . . . 2 vol.
UN DRAME A LA SALPÊTRIÈRE, 2e édition. . . 2 vol.
SIMONE & MARIE. — I. La nuit sanglante, 3e édit. 2 vol.
   —   —   II. L'Œil de chat, 3e édition. 2 vol.

Paris. — Imp. de l'*Étoile*, BOUDET, directeur, rue Cassette, 1.